内外兼修，养出好容颜

蓝 洁 主编

上海科学技术出版社

图书在版编目（CIP）数据

内外兼修，养出好容颜／蓝洁主编. —上海：上海
科学技术出版社，2011.5
ISBN 978-7-5478-0751-4

Ⅰ.①内… Ⅱ.①蓝… Ⅲ.①女性-美容-基本知识
②女性-保健-基本知识 Ⅳ.①TS974.1 ②R173

中国版本图书馆CIP数据核字（2011）第047415号

图片提供：达志影像/玛雅摄
影工作室

模　　特：蔡　珉

上海世纪出版股份有限公司
上 海 科 学 技 术 出 版 社　出版、发行
（上海钦州南路71号　邮政编码200235）
新华书店上海发行所经销
浙江新华印刷技术有限公司印刷
开本 889×1194　1/24　印张：7
字数：150千
2011年5月第1版　2011年5月第1次印刷
印数：1-4250
ISBN 978-7-5478-0751-4/TS·55
定价：29.00元

如发生质量问题，读者可向工厂联系调换

内 容 提 要
Abstract

　　自然而健康的美丽是现代女性的追求。本书介绍了生活在都市中的女性如何从饮食习惯、运动、按摩等诸多方面来调养自己的身体，并对各种肌肤问题——给出解决方案，由内而外解决女性"面子"问题，找回青春。在健康中重新焕发美丽是本书的主旨，用书中的方法去做，您将收获健康的美丽。

前 言
Preface

  从古至今，人们都在咏叹着"爱美之心，人皆有之"。随着时代的发展，到了今天，"爱美"已成为了一种生活态度，促使世间的女子义无反顾地踏上追寻美丽的征程：眼睛小了割一割，鼻子塌了垫一垫，乳房平了隆一隆，脂肪多了抽一抽……只要你愿意，想美哪里就美哪里，从头到脚都可以"大动干戈"，可到最后，照照镜子，恐怕连自己都不认得自己了。至于琳琅满目的化妆品，更是让祈求拥有好容颜的女子趋之若鹜，即使囊中羞涩也要想尽办法将它们据为己有，这恐怕也都是"爱美"惹的祸。

  其实，爱美本无罪。一粒砂里有一个世界，一朵花里有一个天堂，每一个女人的精神世界都需要"美丽"作为依托，否则，整个世界都会黯然失色。但是，一个女人若想美得自然，美得健康，就要做到内外兼修。因为，一个由内而外都散发着美丽气息的女人，不仅要有精致的五官、亮丽的容颜以及凹凸有致的身材，还要有滋润的肌肤、健康的身体、开朗、乐观的心情。

  古人云："夫精明五色者，气之华也。"精明，指视物的功能；五色，指面部的色泽；气之华，指五脏之精气在外的光华。意思是说，人们眼睛视力与面部的色泽是内在五脏之精气在外的光华。相信我们每一个人都喜欢外在的肌肤润泽、黑发红颜。

中医学认为，外表是内在的体现，五脏气血的盛衰是美貌的根本，当健康受到侵扰时，就会影响容貌的美丽、精神的愉悦、甚至是形体的优美。五脏健康，容颜才美。因此，只有小心翼翼地呵护五脏，才可能从根本上达到美化自身的目的。

当然了，单单"修炼"内在也不足以使一个女人达到完美的境界，只有内外兼修，方能最终找到塑造美丽容颜的途径。看看美丽的"后花园"，并扪心自问：有没有祛之不去的青春痘、斑点、皱纹、黑头等问题在困扰着你？是不是从来都没有留意过黑眼圈、眼袋这些衰老的痕迹？有没有在乎过对双唇、手部、足部的呵护？至于减肥，倒是有过经验，只不过从来都是屡战屡败？

如果你有上述情况中的任何一种，请轻轻地打开本书吧！肌肤保养，永不嫌早，美丽从这里启航！追寻美丽的踪迹，是一种追求生活、热爱生活的积极态度，它会让你清新可人，宛若百合，也会让你拥有灵秀的气质，倾倒众生！

本书从策划到写作，得到了何玉花、张璐路、张媛、魏巍、薛翠玲、郑建斌、王维、苑晓丹、季慧、杨春明、张来兴、李淳朴、赵冰清、袁婉楠、李洁、陈莉、李良、李淑云、曾晓丽、顾新颖、陈莉等朋友的宝贵意见和大力支持，在此深表感谢。

编著者

目 录
Contents

PART 1

肌肤保养，永不嫌早，
美丽从这里启航

打造完美肌肤，需要"修炼"基本功
晒晒你的"毁"肤坏习惯，美丽转身

打造完美肌肤，需要"修炼"基本功

全面认识肌肤层

在很多人眼中，肌肤可能是人身体上比较简单的组织。可事实上，肌肤比我们想象中要复杂很多。在小小一平方英寸的皮肤上，平均有 650 个汗腺、65 个毛孔、17 米长的毛细血管、71 米长的神经组织以及近千个感知细胞等。对于象征年轻与美丽的肌肤，女性朋友需要全面认识它的层次与结构。

肌肤是人身体中最大的器官，其重量占体重的 15% 左右。肌肤对于身体有着十分重要的作用，它不仅可以保护身体免受外界刺激，还可以保持水分、调节体温、促进机体细胞的分泌与呼吸。肌肤从表面开始分为表皮层、真皮层以及皮下组织，想让肌肤保持年轻、细嫩状态的女性朋友，必需全面地认识肌肤层。

表皮层

人体与外界之间的第一道屏障，是由角化细胞、黑素细胞和朗格罕细胞构成。在表皮层中，角化细胞组成的蛋白质是最主要的细胞组织。黑素细胞是表皮层中另一组重要的细胞，其产生的黑色素能够控制肌肤的颜色和色调。朗格罕细胞可以抵抗异物入侵，是表皮层免疫系统的前哨。

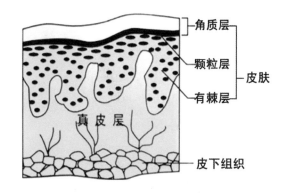

表皮层决定着肌肤的吸水保湿能力，所以，女性朋友想要让肌肤看起来年轻、富有弹性，就要好好清洁表皮层，让其可以吸收水分，保持肌肤莹润。

真皮层

在表皮层与皮下组织之间，是由密而坚的胶原及弹性蛋白纤维网组成的真皮层。由于胶原是构成肌肤的结构支架，弹性蛋白决定肌肤的弹性，所以，胶原纤维与弹性蛋白纤维均为皮肤中特别重要的蛋白质。在真皮层中，成纤维细胞是最重要的细胞，成纤维细胞功能正常对于整个皮肤的健康至关重要。

真皮层决定着肌肤结构的弹性、完整性以及顺应性，皱纹的产生与加深就在这一层中发生，所以说，抗皱工作必需深入到真皮层才可能有效。

皮下组织

位于真皮层之下，肌肤最内层的是由脂肪构成的皮下组织。在皮下组织中，脂肪细胞是最重要的细胞。皮下组织中的脂肪细胞有绝热和缓冲的作用，可以有效地避免下层组织受到寒冷和机械损伤。伴随着年龄的增长，皮下组织会逐渐变少，此时就会出现肌肉松弛以及皱纹加深等情况。

女性朋友在了解肌肤的层次与结构之后，就可以更清楚如何保养肌肤。不过，在生活中还有许多弱化肌肤内环境平衡的因素。其中有来自内部的，也有来自外部环境的。所以，要想全面地保养肌肤不仅要全面了解肌肤层，还要灵活掌握肌肤状态。

Tips 完美女人养颜经

　　真皮层中最重要的成分莫过于胶原蛋白和弹性蛋白了。而皱纹的产生主要就是由于衰老、紫外线等导致胶原蛋白流失，从而使表皮失去支持，产生下陷。所以说，在对真皮层进行护养的时候，特别要注意的就是胶原蛋白的补充。

肤质面面观：你的肤质是哪种？

　　常见的肤质一般包括：中性、干性、油性、混合型以及敏感型。想要保养好自己的肌肤，首先要做的就是了解自己的肤质，正所谓"知己知彼，百战不殆。"女性朋友在了解了自己属于哪种肤质之后，就可以有针对性地帮自己制定美容计划了。

每个女人都希望拥有细致、娇嫩的肌肤。所以，女性朋友们在保养肌肤时都不惜付出金钱和时间。比如，购买护肤保养品，或者到美容院去做SPA，更有甚者还会求助于整形医院。但是，想要获得细腻、红润、光泽的肌肤，光有意愿付出金钱和时间是不够的。因为，不同类型的肌肤都有属于自己的"秘密"。女性朋友只有掌握了自己肤质的秘密，才有可能对症下药地保养好自己的肌肤。

中性肌肤测试

① 洗脸后不觉得干涩、紧绷；② 皮肤纹理比较细腻，且柔软；③ 夏天不会有严重出油情况；④ 毛孔不是特别明显；⑤ 肌肤很少会出现过敏。

油性肌肤测试

① 皮肤表皮比较粗厚；② 在日晒之后肌肤状况良好，即使是曝晒也不会有不良反应；③ 毛孔比较大且有黑头，容易产生粉刺、暗疮等问题；④ 妆容很容易变色，一般 2～3 个小时就需要补妆。

干性肌肤测试

① 肌肤细嫩，微血管隐约可见；② 妆容可以持续较长时间；③ 不能够长时间晒太阳，否则肌肤会不适应；④ 需要每天使用护肤品，否则就会出现脱皮现象；⑤ 洗脸后会有紧绷的感觉。

混合型肌肤测试

① 肌肤既不粗厚，也不轻薄；② 不经常受暗疮、粉刺的困扰，只是偶尔才会出现一两颗暗疮；③ 在夏天偶尔不用护肤品，也不会出现不适感觉；④ 脸部的妆容，每隔数小时就要在鼻子、额头处补妆。

敏感型肌肤测试

① 皮肤较薄，脆弱，缺乏弹性；② 容易过敏，容易晒伤；③ 在换季时或遇冷热时皮肤发红、易起小丘疹；④ 容易因过敏产生丘疹、红肿，易生成面部红丝。

女性朋友在了解了自己的肤质之后，就可以根据不同肤质选择不同的护肤保养策略。这样不仅可以帮助女性朋友节约时间，还可以减少美容护肤上不必要的开支。

Tips 完美女人养颜经

一年四季中的每个季节都大不相同，对于不同肤质的肌肤来说，不同季节的保养也应该有所区别。如春秋比较干燥的季节，不管哪种肤质都应该为肌肤补水。而夏季就应该对油性肌肤加强呵护，当冬季到来的时候则要对敏感型肌肤加强呵护。

不同的肤质，相同的悉心呵护

女人的肤质可以不同，但是，对肌肤悉心的呵护却不能不同。如果你了解自己肤质，却没有根据肤质状况细致、周到地呵护好自己的肌肤，那你就不可能拥有白皙、润泽的好肌肤。所以，了解自己的肤质很重要，根据肤质好好呵护肌肤更重要。

根据水分与油脂状态的不同，肌肤的肤质被分为中性、油性、干性、混合型以及敏感型，而每一种肤质都有属于自己的保养法则，想要拥有健康、美丽肌肤的女人就要根据自己肌肤的状况找到适合的护肤策略。接下来就为大家揭秘不同肤质，都需要怎样的呵护。

中性肌肤的护肤秘笈

① 选择性质温和的中性洗面奶、卸妆油和高级香皂。

② 晚间护肤时要把肌肤的代谢物和附着在肌肤上的污物彻底清除，然后再使用晚霜或者精华液类为肌肤补充营养。

③ 早晨护肤的时候，应该使用收敛水、化妆水、乳液为肌肤增添活力。

油性肌肤的护肤秘笈

① 在洁面时使用清洁能力较强的洁面乳，彻底清除肌肤表面及毛孔内的污垢和油脂。

② 在清洁肌肤之后要用中性的收敛水来适应抑制油脂分泌，避免过度清洁造成表皮缺水。

③ 选择清爽而不油腻的乳液、面霜等护肤品，增加肌肤的透气性。

干性肌肤的护肤秘笈

① 在清洁肌肤的时候，最好选择碱性含量低的洁面乳，以免洗去过多油脂。

② 在选择护肤品的时候，应选择高效保湿滋润型的产品，补充油分和水分，改善干燥的现状，如精华素、保湿面膜等。

③ 最好选择按摩拍打的方式来加快皮肤的血液循环，并伴随面霜的按摩使营养成分更容易渗透到肌肤中，增加肌肤的柔韧性。

混合型肌肤的护肤秘笈

① 由于混合型肌肤混合了多样肌肤特点，在护理的时候，也应该根据不同肌肤特性采用不同的局部护理的原则。

② 选用清洁能力较强的洁面乳，深层清洁存于肌肤内的污垢，如鼻翼周围；再根据面部不同的油性区域和干燥区域使用不同护肤品，加以平衡油脂和肌肤补水。

敏感型肌肤的护肤秘笈

① 在选用护肤品时，一定不能使用含酒精、香料、色素的产品。

② 在清洁肌肤的时候，力度要柔和，清洁的时间也不能过长，有红血丝的肌肤不能用过热或者过冷的水洁面。

③ 在使用护肤品的时候，最好选择中性温和、稳定性强的，它可以强化肌肤的抵抗力。或者选择酸碱度适中的润肤类产品，对过敏性肌肤的刺激较小。

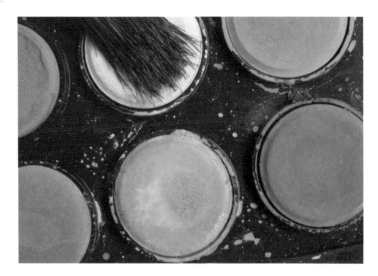

Tips 完美女人养颜经

很多姐妹们都喜欢"品牌共享"，谁新买的化妆品或者护肤品效果好，大家就一窝蜂似地争相购买使用，唯恐自己的皮肤得不到这种"娇宠"。殊不知，每个人的肤质都不尽相同，可能她用这种产品比较合适，而同样产品用到你的脸上就没有效果甚至适得其反。爱美之心人皆有之，可肌肤是自己的，呵护时的细心和与众不同要放在第一位。

保养肌肤，需正确去角质

去角质就是对肌肤的深层清洁，在我们面部肌肤的毛孔中经常会累积新陈代谢后老化脱落的角质，这些老化的角质很难靠洗脸来彻底清除干净。所以，就需要运用深层清洁的方式，深入毛孔将老化角质去除。去角质后肌肤不仅可以畅快地呼吸，还能更好地吸收保养品。所以，女性朋友想要很好地保养皮肤，就要定时做好去角质的工作。

健康且正常的角质层排列很整齐，而且每隔一段时间就要自动代谢脱落。但是随着女性朋友年龄的增长，皮肤自然剥落的过程就会放慢速度，结果就会有过多的角质形成干燥、粗糙的表皮。倘若女性朋友不及时为肌肤去除角质，就会让角质层过厚。过厚的角质层不仅会导致皮肤呼吸和吸收水分的能力下降，还会堵塞毛孔造成恼人的痘痘、脏脏的黑头，使肌肤没有光泽。所以，女性朋友必须要定时地去除角质，帮助促进皮肤表面的细胞更新，恢复肌肤的光滑细嫩。

正确的去角质对女性朋友保养肌肤十分重要。那么，如何才能做到正确去角质呢？其实，要找到正确去角质的方法，首先要清楚自己的肤质，然后再根据不同的肤质进行去角质。

干性肌肤

比较干燥的肌肤，新陈代谢比较慢。所以，最好是每个月进行一次去角质。选择去角质用品时最好是用不摩擦肌肤、对肌肤刺激较少的非磨砂类产品。

油性肌肤

油性肌肤一般都会发黄、暗沉，角质层较厚。所以，最好是每周进行一次去角质。选择去角质用品时最好使用具有深层清洁作用的磨砂类产品。

混合型肌肤

这类肌肤一般T字区油腻而面颊干燥，因此，女性朋友最好在油腻部位选择一周去一次角质，干燥部位2～3周去一次角质。此类肌肤可以用磨砂类的产品去角质。

敏感型肌肤

由于此类肌肤自身的抵抗能力比较弱，角质层也较薄。所以，属于此类型肌肤的女性朋友最好不要去角质。

问题性肌肤

有色斑、青春痘的肌肤属于问题性肌肤，此类肌肤最好采取医学方法去除角质。例如果酸去角质，这样不仅能够很好地去除角质，还能让表皮的细胞更新得更加迅速，减少皱纹产生，改善青春痘及瘢痕。

其实，并不是所有的人都需要定期去角质。例如健康的年轻肌肤，透着青春的光泽，角质细胞生生死死代谢正常，就完全没有必要专门去角质。

即使偶尔显得疲惫，或防晒不充分，皮肤显得有点暗、有点闷，只要好好休息，也很快就能恢复。

Tips 完美女人养颜经

　　正确去角质的第一要素就是安全。如果肌肤在不稳定的状态下，最好不要去角质。例如，脸上有化脓或发炎的痘痘时，如果痘痘是闭合式的，可以考虑适当去角质。但是，去角质时最好避开长痘痘的地方，不要碰到痘痘，以免刺激肌肤。

护理毛孔，让脸部肌肤细腻无比、吹弹可破

人们经常会用"剥了壳的鸡蛋"来形容那些细腻的肌肤，相信每个女性都希望得到这样的赞美。但是，很多时候粗大的毛孔总是让女性朋友们不能如愿以偿。由此可见，女性朋友要想让自己的肌肤光滑细腻，吹弹可破，首先要解决的就是毛孔问题。

在我们的身体上大约有130万个毛孔，而这其中有20万个集中在脸部。这些毛孔的数目不会随时间的变化而改变，却会因环境的变化而变大或者变小。所以，女性朋友要想让毛孔在脸上"隐形"，就要先了解影响毛孔变化的因素。

水分

肌肤中的水分对毛孔的大小有着很重要的影响，在肌肤水分充足的时候，毛孔就不明显。相反，在肌肤水分缺乏的时候，肌肤细胞就会萎缩，毛孔问题就会显现。

肌肤老化

随着年龄的不断增长，肌肤的血液循环就会变慢。这时候皮下组织的脂肪就会变松弛，失去原有的弹性。此时如果没有适当的护理，肌肤就会加速老化，毛孔也会自然扩大。

角质层

肌肤中的基层会持续不断地制造新细胞输送到上层，在细胞老化之后变化成为外层老化角质层，倘若长期不彻底清洁肌肤，就会影响到皮肤的新陈代谢，以及老化角质层的脱落，这样毛孔就会扩张起来。

油脂过盛

每当夏季来临的时候，T字区的皮脂分泌就会十分旺盛，而当过盛的油脂堆积在毛囊表面的时候，毛孔自然就会变大。

在了解了影响肌肤毛孔问题的众多因素之后，接下来要做的就是学习如何护理毛孔，让自己拥有细致肌肤。其实，很多毛孔问题都是后天护理不当造成的。所以，想要干净、漂亮的女性朋友都需要多了解一些护理毛孔的方法。

做好清洁工作

女性朋友可以使用一些具有深层清洁作用的产品，让毛孔得到彻底的清洁。

适量睡眠

睡眠时间过短或者过长，都会影响血液循环速度，造成水分滞留，使皮肤松弛，毛孔变大。比较合理的睡眠时间为8～9小时。

避免不当动作

有些人喜欢用手挤压毛孔，去除黑头。这样做不仅会让毛孔变大，还可能留下瘢痕。此外，经常用手摸脸等一些摩擦肌肤的动作也属于不当动作。

控制油脂分泌

在洗脸之后，补充适量的水和油，这样肌肤分泌的油脂就会逐渐被抑制，油脂分泌得少了，收缩毛孔也就水到渠成了。

Tips 完美女人养颜经

脸上T字区的毛孔天生就比较多，也很容易出油出汗，代谢活动特别旺盛，毛孔看起来比较粗大。所以，此处如果不清洁干净，不仅毛孔会粗大，还容易长痘痘。所以在做毛孔护理的时候，应该更加注重T字区的清洁与保养。

防衰养颜第一要务——抗氧化

氧气既可以让女性朋友的肌肤自然红润，充满弹性，也可以转化为不安定的因子伤害女性朋友的美丽。这就好像苹果在空气中会因为氧化而变黄，肌肤在遇到空气中游离的氧自由基时就会被氧化，细胞膜就会受到破坏，肌肤的锁水屏障难以正常工作，进而使肌肤产生皱纹。另外，肌肤的氧化还会加速黑色素的形成。所以，爱美的女性朋友一定要把抗氧化提上美容的议程。

如今，越来越多的都市女性不仅要面对恶劣的空气环境，还要承受电脑辐射、工作压力带来的困扰。这些困扰都会让女性朋友体内的自由基过剩，从而氧化肌肤细胞。而被氧化的肌肤，不再白皙、莹润，看起来暗淡、没有光泽。所以，

想要拥有动人肌肤的女性朋友，一定要把抗氧化当作美容养颜的第一要务。

在了解了抗氧化的重要性之后，接下来就带女性朋友一起来了解哪些因素会加速肌肤的氧化。

紫外线

紫外线是氧化肌肤的头号杀手，它可以轻易毁坏任何年轻娇嫩的肌肤组织，让其迅速氧化并老化。

干燥气候

在女性朋友肌肤的角质层中含水量低于10%，真皮层中含水量低于60%时，肌肤就会因缺水松弛。所以，干燥会让皮肤变脆弱，失去抗氧化的作用。

压力

不管是工作还是生活，女性朋友面临的压力都越来越大，而压力不仅会影响女性朋友的身体健康，还会加速肌肤的氧化。

无规律的生活

白天忙碌的工作会让肌肤处在高度紧张的状态中，晚上的加班与夜生活会让肌肤得不到很好的休息。不健康的饮食以及酗酒、吸烟都会让肌肤的抗氧化能力越来越弱。

在了解了影响肌肤抗氧化作用的因素之后，就可以对症下药，尽量排除这些不利因素的影响，让自己的肌肤具有更好的抗氧化能力。不过，要想肌肤的抗氧化作用提高，必须内外兼修，除了要排除外部不利因素的影响，还要从内部加强抗氧化作用。接下来就为女性朋友介绍几种抗氧化的食物，让你可以通过饮食来达到更好的抗氧化效果。

坚果类食物

含有丰富维生素 E 的坚果类食物不仅具有抗氧化功能，还具有修复皮肤组织的功能。

绿茶

绿茶具有很强的抗氧化功能，还可以去油解腻、清新口气。所以绿茶既抗老化，又有助于减肥。

菠菜

菠菜含有丰富的 β－胡萝卜素和维生素 C，以及铁、钾、镁等多种矿物质及叶酸，所以能有效降低血压，振奋情绪。

燕麦

燕麦中含有大量蛋白质、钙、核黄素、硫胺素等成分，

能加速人体新陈代谢，加速氨基酸的合成，促进细胞更新，是五谷杂粮中惟一荣登十佳抗氧化食物排行榜的食物。

Tips 完美女人养颜经

想要拥有好肌肤，就首先要为肌肤做好抗氧化工作，女人想要帮助肌肤抗氧化并不复杂，只要平时注意饮食，多喝水、多吃粗粮以促进新陈代谢。另外，每天还要使用防晒、隔离产品，定时为肌肤去角质，做好清洁工作。

晒晒你的"毁"肤坏习惯，美丽转身

美丽的容颜经不住"熬"

长久以来，"日出而作，日落而息"是人们适应自然规律的生活方式。但是，如今由于工作忙、交际多，很多人的生活方式变成了"昼伏夜出"，更有许多女性朋友号称"越夜越美丽"。然而，这种通过熬夜换来的时间与狂欢，却在悄悄地夺走你的美丽容颜。

在美容护肤大行其道的今天，熬夜已经取代岁月成为年轻女性最大的天敌。因为，美容护肤品可以赶走岁月的痕迹，却无法弥补熬夜带来的伤害。现在，不管是因为交际还是因为工作，越来越多的女性都加入到熬夜的大军中了。但是，不管是出于什么原因熬夜，结果只有一个，就是离健康的身体、美丽的容颜越来越远。

如果你还没意识到熬夜对容颜的危害，如果你觉得熬夜会影响你的美丽只是危言耸听，接下来就请你看看熬夜是如何夺走你的美丽的吧！

熬夜伤害肌肤

晚上23：00～3：00是美容时间，也就是人体的经脉运行到胆、肝的时段。这两个器官如果没有获得充分的休息，就会让肌肤失去光彩、呈现疲态。在熬夜后，肌肤的功能降低，血液循环变差，脸色自然不好。肌肤的代谢缓慢，任何保养品都不易吸收。

熬夜导致黑眼圈与眼袋

夜晚本该是人体的生理休息时间，如果在该休息的时候而没有休息，就会因为过度疲劳，造成眼睛周围的血液循环不良而引起黑眼圈、眼袋或眼白布满血丝。

熬夜会引起肥胖

人体内有交感神经与副交感神经两种自主神经。交感神经是在身体活跃的白天使消化器官运作，促进消化吸收；到了夜晚，副交感神经活跃，在身体休息的同时，让摄取的营养素储存在体内。熬夜的人在夜晚进食的话，不仅会更加难以入睡，还会使隔日早晨食欲不振，如此造成的营养不均衡，就会引起肥胖。

改变作息习惯，也可以保护你的美丽容颜：

19：00～20：00。最好能在饭后30分钟去散个步或沐浴，放松一下，缓解一整天的疲劳。

20：00～22：00。这个时段是晚上活动的巅峰时刻，你可以在此时进行商议、进修等需要周密思虑的活动。

22：00～24：00。经过整日的忙碌，此时应该放松心情进入梦乡，千万别让身体过度负荷，那可得不偿失！

Tips 完美女人养颜经

　　按摩敷面的方法可以调理熬夜后的问题肌肤，对脸部进行适度的简单按摩，可以增加皮肤的弹性。此外，还可以在睡前涂抹上含精华素的眼霜，给眼睛补充足够的营养，这样第二天起床才不会变成熊猫眼。

别让阳光"长吻"你的脸

　　阳光对我们来说是至关重要的，没有阳光就没有生命，没有阳光就没有我们的一切。但是，如果你和阳光过分亲近的话，你很可能会被阳光中的紫外线所伤害。其实，适时的、短时间晒晒太阳对肌肤是有好处的，但长时间的光照和暴晒则是十分有害的。

　　长期在烈日下停留，肌肤很可能会被紫外线晒伤。肌肤在受到大量的紫外线照射之后，会出现血管扩张，从而输送大量血液，使肌肤红肿，产生灼热感。这时皮肤细胞为了抵御紫外线的照射，就会产生一种黑色素。这种黑色素会让肌肤变黑，虽然变黑的肌肤可以慢慢变白，但是肌肤在晒伤之后的老化却不会恢复。

　　太阳光中的紫外线对肌肤的最大伤害就是破坏肌肤中的胶原，使肌肤失去弹性，变得粗糙，出现色斑、雀斑，加速肌肤老化，并产生皱纹。所以，爱美的女性朋友千万不能让太阳长期"亲吻"你的脸。

　　每天的防晒要做到全面。接下来就介绍几种防晒需要注意的问题：

　　① 千万不能只在阳光强烈时才用防晒用品。这是由于阳光中的紫外线即使在薄雾、阴天或多云的天气，也照样存在，因此，时时都要注意防晒。

　　② 不可以只在夏季才做防晒。其实，在夏天以外的季节，紫外线也会夺走肌肤水分，破坏肌肤组织，因此，防晒是一年四季都要做的功课。

　　③ 不盲目追求拥有较高防晒指数的产品。事实上，防

晒指数过高的防晒用品容易阻塞毛孔，不利于排汗，造成肌肤过度的负担。正确的做法是，在不同场合，针对不同要求，选用不同防晒指数的用品。

④ 不是只防 UVA（长波黑斑效应紫外线）就可以的。在紫外线中，UVA 会造成皮肤晒黑、晒伤，而 UVB（中波红斑效应紫外线）则会让皮肤过敏、起斑，所以，女性朋友应该选择既能防 UVA 又能防 UVB 的防晒霜。

⑤ 慎用具有防汗功能的防晒护肤品，如果你不是去游泳，最好少用这类产品。因为，这种类型的产品会使皮肤呼吸不畅。

除了采取各种防护措施，吃些柠檬也可以有非常好的防晒效果。柠檬含有大量维生素 C，可以很好地促进新陈代谢、延缓衰老、美白淡斑、收细毛孔、软化角质层。最重要的是柠檬对皮肤有很强的护理作用，其能够有效地增强皮肤的抗晒能力。

Tips 完美女人养颜经

　　人体的细胞在晒伤之后会自行修复，不过当自行修复功能变弱之后，人体的细胞就有可能发生突变，造成皮肤癌。所以，女性朋友不仅为了美丽，即使为了健康，也一定不要让太阳"长吻"你的脸。

不爱喝水，肌肤很受伤

我们身体中的 70% 是水分，可见，水是我们生命的源泉。人体需要通过水调节体温，还需要通过水将养分送到各个器官。为了保证正常的生理代谢，每个人每天都需要适量饮水，爱美的女性朋友更是如此。因为，适量饮水不仅能带来健康，还能带来美丽。

女性朋友们如果不爱喝水，身体就会缺少水分。而缺少水分的肌肤看起来就会干燥没有光泽。此外，不及时为身体补充水分有时候还会造成内分泌失调，引起痘痘或者色斑。最重要的是，不爱喝水还可能引起油脂分泌量不足，导致皮肤脱水。看了这么多不喝水可能对肌肤造成的伤害之后，相信你一定不会只把"每天 8 杯水"当作口号，而是会把它付诸行动了。

喝水要定时

水，不能只在口渴的情况下才被想起，要知道，当你特别想喝水时，身体的器官已经在一种极限的情况下运行了，也就是说非常缺水了。因此，应当在口渴之前就及时补充水分。

要喝新鲜的水

新鲜的开水不但无菌，还含有人体所需的十几种矿物质。但如果时间过长或者饮用自动热水器中隔夜重煮的水，不仅没有了各种矿物质，而且还有可能生成某些有害物质，如亚硝酸盐等。

喝水不宜快和急

喝水过快、过急就会在无形中把很多空气一起吞咽下去，容易引起打嗝或腹胀。所以，喝水时最好先将水含在口中，再缓缓喝下，尤其是肠胃虚弱的人，喝水更应该一口一口慢慢地喝。

要喝温水

喝水时的水温不要太烫，一般以 25 ~ 30℃ 为宜。尤其是在夏季，很多人在大量出汗后，选择饮用冰水或冷饮。虽然冰水会带来暂时的舒适感，但大量饮用冰水或冷饮，会导致毛孔宣泄不畅，肌体散热困难，余热蓄积，极易引发中暑。

喝"看不见"的水

食物中也含有水，比如米饭中含水量达到60%，蔬菜、水果中水的含水量一般超过70%。所以，即便一天只吃500克果蔬，也能获得300 ~ 400毫升水分。由此可见，充分利用三餐进食的机会来补水也是不错的选择。多选果蔬和不咸的汤粥，补水效果更好。

Tips 完美女人养颜经

女性朋友为肌肤补水的时候，可以通过化妆品，也可以通过日常饮水。每天保持一定的饮水量，不仅能有效地改善机体的新陈代谢和血液循环，促进体内代谢产物的排泄，而且可调节皮肤的pH值，维持皮脂腺的稳定。

美丽肌肤的"敌人"——刺激性食物

爱吃是女人的天性，特别是油炸的、辛辣的、口味重的刺激性食物更是女人的最爱。但是，俗话说"病从口入"，这些好吃的食物虽然不会引发疾病，却会对女人的肌肤造成伤害。所以，想要拥有完美肌肤的女人，一定要和这些刺激性强的食物保持距离。

在生活中只要你注意就会发现，那些喜欢吃辣的人，脸上很容易长痘痘。而那些喜欢吃大蒜的人，皮肤都会比较粗糙。爱吃过咸食物的人，面部会暗淡无光，皱纹也会较早出现。爱喝酒的人，脸上很容易出现油光。这些现象并非偶然，而是由于食用了过多刺激性食物造成的。

23

很多女性并不十分了解刺激性食物对肌肤的伤害。但是，这些伤害并不会因你的不了解而不存在，相反还会因为你的不了解而肆无忌惮地伤害你的肌肤。所以，想要战胜肌肤的"敌人"——刺激性食物，就要了解它们是如何伤害肌肤的。

辛辣食物对肌肤的伤害

辛辣食物会刺激皮脂分泌更加旺盛，当皮脂堵塞在毛孔中的时候，细菌很容易乘虚而入，在有着丰富营养的毛孔中繁殖，最后引起肌肤发炎，出现小痘痘。情况严重时，还会发展为毛囊炎。新鲜的葱与蒜、干姜以及辣椒都属辛辣的刺激性食物，都会造成皮脂分泌旺盛，从而导致肌肤粗糙。

酒精对肌肤的伤害

酒精会使血管扩张，会将大量的血液输送到皮脂腺，而皮脂腺在受到刺激后，就会分泌出大量皮脂。所以，长期饮酒，特别是过量饮酒的人，面部的血管经常处在扩张状态，从而引起脸色发红，油光泛滥。

过咸食物对肌肤的伤害

盐会让人体的小动脉收缩，增加血管的阻力。长此以往就会使血管老化，进而影响皮肤对营养物质的吸收。并且，盐中的钠离子过多进入血液组织之后，就会加重心脏以及肾脏的负担。时间久了，人的脸色就会变黑、变暗，出现皱纹。

油炸食品对肌肤的危害

油脂反复高温加热会产生有毒有害物质，油脂中的不饱和脂肪酸经高温加热后所产生的聚合物——二聚体、三聚体的毒性较强。大部分油炸、烤制食品，尤其是炸薯条中含有高浓度的丙烯酰胺，俗称丙毒，不仅会使肌肤变粗糙，还会诱发癌症。

在了解了刺激性食物对肌肤构成的危害之后，相信你会为了美丽而对这些食物敬而远之的。

Tips 完美女人养颜经

想要拥有完美肌肤就要远离具有刺激性的食物，如油炸食物、辛辣食物。因为，这些食物很可能会引发痘痘、油光等肌肤问题。如果你之前已经常食用这些具有刺激性的食物，那么，从现在开始你可以试着用清淡一点的食物，如水果、蔬菜去代替。

毒害娇颜的"元凶"——电脑辐射

如今，电脑在工作、生活中都已经成为不可或缺的必备品。不管是高档写字楼里的白领，还是宅在家里的女生，都不可能离开电脑。可大多数人可能还没有意识到，电脑在给我们的生活带来便利的同时，也在无形中危害着我们的健康与美丽。

当电脑处在开机的状态时，会产生大量对肌肤具有很强杀伤性的静电。静电会使荧光屏吸附空气中的粉尘与污物，当我们坐在电脑前时，这些污物就会落在皮肤上，阻塞毛孔，使肌肤变粗糙，长痘痘。

对于职业女性来说，电脑辐射引起的色斑、干燥是最常见，也是大的困扰。电脑辐射对肌肤的伤害虽然很难避免，但是我们可以加强对肌肤的保养，尽可能地将伤害降到最低。下面就为你介绍几种避免电脑辐射的护肤小窍门。

及时补水

坚持每天喝 6 ～ 8 杯水，为肌肤补充水分。此外，还可以使用一些具有保湿、补水作用的护肤品，防止水分流失。

清洁肌肤

在使用电脑后，最重要的护肤工作就是洁肤。因为，有效地清洁肌肤能将静电吸附的尘垢通通洗掉。

呵护眼睛

长时间在电脑旁工作的女性，最好准备一瓶滴眼液，以备不时之需。在使用电脑后，如果能用黄瓜片、土豆片敷一下眼睛，对眼部肌肤会更好。

在我国有一句俗话叫做"药补不如食补"，对待电脑辐射这句话就可以改为"外防不如食防"。当你在把外部的防辐射工作都做好之后，还要抓紧内在的调理。接下来就介绍几种具有防辐射功效的食品。

胡萝卜

胡萝卜中富含的 β- 胡萝卜素，具有良好的抗氧化功效，能很好地保护人体细胞组织不受伤害，从而减少癌症发生的可能性。此外，天然胡萝卜素能提高人体免疫力，延缓细胞和机体衰老，减少疾病的发生。

绿茶

绿茶中所含的茶多酚和脂多糖等成分可以很好地吸收和捕捉放射性物质并在与其结合后排除体外，从而减少对人体的伤害。科学调查发现，有喝茶习惯的人，受辐射损伤较轻，血液病发病率较低，由辐射所引起的死亡率也较低。

Tips 完美女人养颜经

一些减轻电脑辐射给肌肤带来伤害的小方法：① 不要长时间不间断地操作电脑；② 用电脑的时候，最好能在显示器上加一块专用的防辐射板；③ 给自己制造一个好的环境，如养些植物或多给办公室通通风。

美丽女人不偷懒，做好卸妆工作

　　化妆品虽然可以使女人变漂亮，却不能被女人的肌肤吸收、利用。而且，留在肌肤上的化妆品还有可能分解、变色、变味，或者慢慢干燥、收缩、分离、剥落。不管出现哪种情况，都会对肌肤不利。所以，女性朋友一定不能偷懒，要把卸妆工作做好，不要让滞留在肌肤上的化妆品影响到自己的美丽。

　　化妆对于女人已经成为一种文化。因为，干净、整洁的妆容不仅可以增加女性自身的魅力，还代表着对他人的尊重。可是，化妆品在使女性变得自信、漂亮之余，也很可能因为卸妆不彻底而残留在脸上，堵塞毛孔。为此，女性朋友每天清晨开开心心为自己涂上化妆品之后，不要忘了在夜晚彻彻底底地卸妆，让肌肤可以自由畅快地呼吸。

　　肌肤上的污垢可分为两种，一种是皮脂与日常生活中沾染的水溶性污垢，另一种是残留化妆品等油性污垢。对于水溶性污垢只需要普通的清洁产品就可以去除，可是化妆品类的油性污垢，就需要用同样以油为主要成分的卸妆用品来清洁，否则是很难彻底清洁干净的。

　　接下来教你如何选择自己的卸妆品。

卸妆油

　　卸妆油是以"以油溶油"的原理设计而成的。卸妆油的主要成分是乳化剂，其可以轻易和脸上的彩妆油污融合，再通过以水乳化的方式，将彩妆彻底溶解。卸妆油适合每天都有完整上妆习惯和经常化浓妆的女性，油性肤质的女性则不太适合。

卸妆乳以及卸妆霜

　　卸妆乳的质地比卸妆油要厚，一般可以很好地清除较为全面的妆容。而卸妆霜相对卸妆乳质地就轻薄很多，其可以用于清洁比较简单的妆容。值得注意的是，在使用此类卸妆品的时候虽然是用手指画圆圈的方式溶解彩妆，却不能将这类产品当作按摩霜用。因为，那样就会把已出来的彩妆污垢，又让肌肤给"吃"了回去，产生反效果。按摩乳和按摩霜适合干性与中性肌肤的女性使用。

卸妆水

卸妆水之所以被称为卸妆水，不是因为它所含的成分中全部为水分子，而是因为它是通过产品中的非水溶性成分与肌肤污垢结合，从而达成卸妆目的。和其他卸妆产品相比，卸妆水中的大部分水分都有保证肌肤含水量，令肌肤清爽、水润的功效。敏感型肌肤、油性肌肤以及混合型肌肤的女性适用。

在选择好卸妆用品之后，下面要进行的就是彻底、全面的卸妆。以下为大家介绍的就是卸妆的顺序与步骤。

① 把洗面奶在掌心中揉搓，充分起泡后涂在脸上。以中指、无名指自中心向外打圈的手法搓洗。在鼻头和鼻翼两侧，用中指按摩 4～5 次，洗去黑头。

② 额头和发际线的清洗特别容易被忽视，所以这些部位也容易长痘痘，要特别注意。下颌上的凹处也是容易长黑头的地方，以中指向外打圈，要揉搓 4～5 次。用软纸擦净面额，再用清洁产品洗脸。

Tips 完美女人养颜经

为眼部卸妆是比较麻烦的，因为，眼睛周围的皮肤很娇嫩。妆卸得不好不仅容易长黑眼圈，而且还容易长皱纹。在卸妆的时候，一定要用眼部专用的液状乳液卸妆产品清除眼妆，特别是眼线和睫毛液，不要让化妆品的色素渗透到眼皮里，否则眼睛会出现黑眼圈。

美丽进阶，永不停下追寻的脚步

美丽女人拒绝"熊猫眼"

　　大熊猫是一种十分可爱的动物，但是，长着"熊猫眼"的女人却不可爱。如今，随着夜生活的丰富，人们睡觉的时间越来越短，"熊猫眼"随之也越来越多。其实，"熊猫眼"不仅预示着你的健康出现了问题，还影响着你的美丽容颜。所以，为了让自己看起来精神、漂亮，就要坚决地和"熊猫眼"说再见。

　　"熊猫眼"即黑眼圈俗称，肾虚是导致黑眼圈的主要原因。肾为先天之本，内藏元阳、元阴，为水火之源，阴阳之根。肾又主水，黑色为本色如肾虚，那么它的色泽就会外现在皮肤上。出现黑眼圈，说明你的肾出现了问题。肾虚又分肾阴虚和肾阳虚，一些患肾阴虚的人主要是腰痛、失眠、眩晕耳鸣、妇女经少或者心烦、崩漏、手脚心热；肾阳虚以怕冷、腰痛、眩晕、精神萎靡不振、不孕等。

　　除此之外经常熬夜与情绪不稳定，眼部过于疲劳等容易引起眼部皮肤衰老的现象。眼部静脉血管流速过于缓慢，皮肤红血球细胞供氧不足，静脉血管中二氧化碳以及代谢废物积累过多，微循环不畅，淋巴系统不活跃，形成慢性缺氧，

血液滞留以及黑色素沉着是其主要成因。

黑眼圈的颜色分为两种，一种是青色，另一种是茶色。青色的黑眼圈是作息不稳定造成的，而茶色的黑眼圈则是由于年龄增长，长期色素沉淀形成的。不管是哪种原因形成的哪种颜色的黑眼圈，都会让你看起来既没有精神，又不漂亮。想要保持美丽的你，如果不想让黑眼圈影响你的魅力，就要养成良好的生活习惯，阻止黑眼圈爬上你的脸。

良好的睡眠习惯

保证充足的睡眠，特别是要睡好美容觉。晚上23：00～3：00是美容觉的黄金时段，在此时段内保证充足的睡眠，就能有效预防黑眼圈的出现。

良好的卸妆习惯

在睡觉之前，如果没有将妆卸干净，化妆品中的色素就会慢慢沉淀，形成或加深黑眼圈。所以，想要杜绝黑眼圈的出现，就要养成良好的卸妆习惯。

良好的饮食习惯

在日常生活中，多吃含有维生素C的蔬果，重视从饮食中多吸收蛋白质、脂肪、氨基酸及矿物质。另外，像花生、黄豆、芝麻等食物含有丰富的维生素A，对消除黑眼圈也有一定功效。

如果黑眼圈已经爬上了你的脸，你要做的不仅是养成良好的生活习惯，还要想办法将脸上的黑眼圈去除掉。接下来就教大家一些去除黑眼圈的小方法。

① 使用维生素E胶囊：每晚睡觉之前可以用维生素E胶囊中的黏液对眼部的肌肤进行涂抹以及按摩，就能有效去除黑眼圈。

② 使用冰镇水瓶：装满水的矿泉水瓶子，在冰箱里冷冻后拿出来轻柔在眼周滚动，对改善黑眼圈或眼袋效果非常好。

③ 使用毛巾敷眼：先热敷10分钟再冷敷1分钟，帮助肌肤消肿及促进血液循环，以此去除黑眼圈。

④ 使用土豆敷眼睛：用2块生的土豆片敷眼，戴上眼罩一觉睡到大天亮，第二天就看不到黑眼圈了。

黑眼圈的形成，除了睡眠不足、遗传、喝酒、生活不规律等因素以外，睡眠过多也会令眼皮下色素沉淀。所以，为了不让黑眼圈影响你漂亮的脸，就要保证合理的睡眠。此外，为了避免黑眼圈还可以多补充水分，多吃富含维生素C的食物。

不要让眼袋"盯"上你

眼袋是众多女人的头号公敌，在眼袋"盯"上你之后，就会"不离不弃"。所以，想要眼袋和你美丽的脸保持距离，就要防患于未然。如果你不小心让眼袋爬上了脸，不仅人显得衰老，还会阻碍眼部血液的循环，使真皮层胶原纤维性能变低，使肌肤松弛起皱。因此，爱美的你一定要将眼袋拒之门外。

眼袋就是下眼睑处凸起的一块长1～2厘米的半圆形袋状物。在脸上之所以会出现眼袋，主要是因为眼窝中的脂肪消减和眼部的营养失调，此外，年龄的增长与眼袋的产生也有关系。眼睛的四周脂肪量少且薄，血管细且少，营养补给相对也较少，所以，不想让眼袋出现在脸上，就需要对眼部加强保养与护理。

眼袋对女性美丽容颜的影响不言而喻，因此，杜绝眼袋的出现就成了美容路上十分重要的一环。那么，如何才能有效预防眼袋的出现呢？接下来就为你解密如何预防眼袋。

化妆

由于眼部周围的肌肤特别轻薄，在化妆的时候，动作一定要轻柔，千万不能用力拉扯肌肤。另外，在画下眼线的时候最好不要拉动眼皮。

洗脸

在洗脸的时候，不要特别用力揉搓眼部。洗脸之后，最好用棉花棒擦净眼睛周围的皮肤，这样比用粗糙的毛巾要好。

佩戴隐形眼镜

在使用隐形眼镜的时候，不能拉下眼皮。如果你想更方便地带上眼镜，可以轻轻拉高上眼皮。

饮食

多吃富含维生素 A 和 B 族维生素的食品，如：胡萝卜、土豆、豆制品和动物的肝脏等。

补水

每天要为肌肤补充充足的水分，特别是在早上起床后补水，晚上睡觉前则不宜饮用过多水。

滋养、护理

使用适合的眼部保养品，早上可以用有紧致作用的眼霜，晚上可以用有补水功能的滋润性眼霜。

如果你的保养工作做得不够及时，已经让眼袋悄悄爬上了脸部，那么，你就要想办法尽快把眼袋赶走。下面就是一些可以让眼袋尽快在你脸上消失的方法。

① 将茶水放在冰箱中冷冻大约 15 分钟，然后用化妆棉浸泡冷冻过的茶水，敷在眼皮上这样可以减轻眼袋的浮肿。

② 平时多做眼保健操，通过按摩眼部四周穴位，促进血液循环，让眼部周围的皮肤细胞活跃，减轻眼袋。

③ 在睡觉前用无名指在眼袋中间位置轻轻按压 10 次，

每天坚持就可以缓解眼袋。

④ 每天头向下斜卧在一块斜面木板上几分钟，借此姿势增加头部血液循环，以改善颜面部肌肤营养状况。

⑤ 每晚临睡前若能用维生素E胶囊中的黏液对眼下部皮肤进行为期4周的涂敷及按摩，就能收到消除下眼袋、减轻衰老的良好效果。

Tips 完美女人养颜经

不想让眼袋"盯"你，就要从最基本的护眼工作开始，如保证充足睡眠、保持精神愉悦、坚持规律作息。此外，外部的保养对于去除眼袋也是十分重要的。如加强眼部按摩，改善眼部血液循环，或者使用适宜的眼部保养化妆品，保持眼部皮肤的滋润与营养。如果以上几点你都能做到，那眼袋就会对你"敬"而远之了。

"修炼"双唇养成术

嘴唇是面部最活跃的部分，美丽的唇型，对整个五官的美化起着非常重要的作用。如果你想拥有像熟透的樱桃一样饱满、圆润、水嫩的嘴唇的话，从现在起就开始"修炼"吧！

我们薄薄的肌肤很容易受到伤害，而嘴唇上的肌肤比身体上其他部位的肌肤更加轻薄。另外，嘴唇周围的肌肉是身体唯一的死肌，如果不进行很好的护理，嘴角四周很容易出现明显的皱纹。所以，要想让嘴唇看起来柔润、富有光泽，就需要我们加倍呵护。接下来为大家介绍一些日常生活中呵护嘴唇的好办法。

① 在刷牙的时候，可以用牙刷轻轻刷双唇，因为这样可以去除嘴唇表层上的死皮，让嘴唇看起来更加红润。

② 每天睡觉之前在嘴唇上涂抹一层凡士林，这样就像为嘴唇敷面膜一样，可以让嘴唇在第二天保持润软、滋润。

③ 在白天的时候，选择具有防晒功能的护唇膏，防止紫外线加速唇部肌肤老化。

④ 对于出现松弛、褶皱的嘴唇，要及时选择含有维生素A，具有抗氧化、抗皱功效的护理品。

⑤ 随身携带润唇膏，含有维生素E等滋润成分和充足水分的润唇膏最为理想，这样就可以随时为嘴唇送去滋润。

⑥ 要解决嘴唇干裂的问题，戴口罩也不失为一个好办法，尤其是骑车一族，戴

个口罩不但能挡住寒风，还能保持嘴唇的湿度，以免缺水、干燥。

在对肌肤的护理中，对嘴唇的呵护是十分有必要的。但是，很多时候我们总是忽略对它呵护。不仅如此，很多人还会在无形中对嘴唇造成一些伤害。这样的伤害不仅会让你无法拥有诱人双唇，还会让你的双唇成为影响你美丽的障碍。所以，想要拥有完美容颜的你，不仅要加强对嘴唇的呵护，还要尽量避免对嘴唇的伤害。下面就为你解密哪些行为会伤害到你的双唇。

舔嘴唇

在你舔嘴唇的时候，不仅不能滋润嘴唇，还会加速嘴唇上水分的蒸发，让双唇变得更加干涩。

手撕嘴唇上的裂皮

用手撕嘴上的裂皮，很容易让嘴唇流血，甚至还有可能让细菌入侵导致发炎。如果遇到嘴上有裂皮，可以用具有滋润作用的润唇产品。

每天使用口红

很多人把涂口红看作对嘴唇的护理，事实却完全相反。口红不仅不会滋养唇部，还会令肌肤干燥。所以，一个星期中最好有一两天，用润唇膏代替口红。

使用劣质唇膏

一般，劣质唇膏见光后就会产生"光毒性"反应。在嘴唇接触到劣质唇膏中能吸收某种光感物质的成分之后，经一定时间的日照，会使唇膏覆盖下的细胞内脱氧核糖核酸受损伤，严重的话会诱发唇癌。

吃过辣食品

辛辣的食品会对嘴唇产生刺激，使干燥恶化。一些食品如变态辣烤翅，上面的辣椒粉会强烈地刺激唇部黏膜，使双唇变得干燥，甚至起水泡。

Tips 完 美 女 人 养 颜 经

如果想让自己拥有水水嫩嫩的双唇，那么可以在忙里偷闲的时候做一个简单的 DIY 唇膜，效果不可小觑呢。可以选择藕粉、橄榄油、甘油、凡士林等常用保养品，如果你的唇色较深，可以在蜂蜜里面掺一点珍珠粉，小心地调和在一起，然后边涂边按摩。最后剪一块比嘴唇稍微大一些的保鲜膜盖在上面，就可以安心地去睡美容觉了。第二天醒来，你会发现，嘴唇又嫩又自然，一点细纹都没有。

整洁的牙齿，展现别样的风景

　　人们在形容女孩子漂亮的时候喜欢用"明眸皓齿"这个词，由此可见，明眸善睐的眼睛与整齐净白的牙齿对女性朋友的美丽是多么重要。不过让人遗憾的是，女性朋友在给予眼睛无限的爱护与关注的时候，往往会遗忘自己的牙齿。其实，整齐、洁白的牙齿也是我们脸上一道美丽的风景。所以，从现在起认真呵护你的牙齿吧！

　　在你与人交谈，或者对人微笑的时候，一口整齐、洁白的牙齿会让人对你好感大增。如果你已经发现了牙齿对你美丽容颜以及个人魅力的重要性，那么，从现在起就好好呵护你的牙齿吧！接下来就为你介绍如何让牙齿变得更健康、漂亮的小方法。

　　① 每天早晨醒来和临睡前坚持作上下牙相互叩50次左右的锻炼。

　　② 每天做一两次闭口鼓腮的漱口动作，同时舌左右转动。

　　③ 用洗净的拇指和食指顺着一定顺序按摩牙龈，每次10分钟，每天2～3次；口唇轻合，以鼻呼吸，舌头上卷，并一张一弛地顶撞上颚。

　　④ 每次饭后用茶漱口，让茶水在口腔内反复运动，冲刷牙齿及舌头两侧。

　　⑤ 早晚刷完牙后，用纱布沾些柠檬汁，摩擦牙齿，牙齿就会变得洁白光亮。柠檬的洗净力强，又有洁白作用，且含有维生素C，能坚固齿根。

　　其实，想让牙齿整齐、漂亮，不仅需要有效地呵护与锻炼，还需要通过合理的饮食来调节。下面就一起去看看哪些食物能帮助我们的牙齿美容。

芹菜

芹菜中粗纤维可以帮助你的牙齿进行一次大扫除，减少你患蛀牙的机会。

番石榴

番石榴中含有丰富的维生素 C，而维生素 C 是维护牙龈健康的重要营养素。

乳酪

食用乳酪不仅能够增加牙齿表面的钙质，还有助于强化及重建珐琅质，使牙齿更为坚固。

无糖口香糖

嚼食无糖口香糖可以增加唾液分泌量，中和口腔内的酸性物质，进一步预防蛀牙。

香菇

香菇中含有的香菇多糖，可以抑制口腔中的细菌，防止发生牙菌斑，有效保护牙齿。

绿茶

绿茶含有大量的氟，而氟可以和牙齿中的磷灰石结合，具有抗酸防蛀牙的效果。

　　每个人都想拥有一口漂亮的牙齿，却不是每个人都能如愿，这是因为生活中很多不良的生活习惯影响着牙齿的漂亮。其实，只要你能改掉这些坏习惯，你也会拥有一口漂亮的牙齿。这些不好的习惯包括：不认真刷牙，爱吃零食，吸烟，节食减肥等。

纤纤玉手人人爱

　　我们手部肌肤老化的速度是脸部肌肤的 8 倍，所以，手被称为最骗不了人的年龄记号。然而，手又是人的身体上使用最多、和外界直接接触最多的部位，外力的加压、化学清洁剂的使用、干风的吹拂和阳光的照射都会让手部肌肤遭受损害。因此，手部护理对追求美丽的女人来说，是十分重要的。

　　在你眼中一双漂亮的手应该是什么样子的？是带着许多漂亮的戒指，还是涂着炫彩的指甲油？其实，漂亮的手并不需要太多漂亮的装饰，而是需要白皙、细嫩的肌肤。而好的手部肌肤则需要悉心的保养。也许你没有天生修长的手型，也许你的皮肤不够白，但是，你的手可以更柔软，更光滑细嫩，指甲可以更饱满，这仍称得上一双美丽的手，关键就在于保养。接下来就教你一些保养双手的小方法。

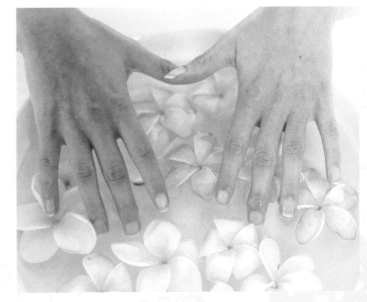

定期去除角质

对手部的肌肤来说应该每周去一次角质，如果你的手部的肌肤较厚，5天去一次也可以。对于那些不是经常去角质的人，可以选择磨砂型的去角质霜，如果去角质比较频繁，应该再选择一款温和的去角质霜与磨砂型的交替使用。

少用指甲油

涂指甲油虽然漂亮，但是指甲油里含有很多有害物质。而且指甲油会阻碍指甲的呼吸，涂抹太多，时间过久，甚至可以导致指甲变形。所以，在使用指甲油的时候，最好是过一周再更换，并且一周内，至少有一天指甲是不涂指甲油的，让指甲可以自由呼吸。

让双手也做健美操

手部健美操可以让手指的外形线条更流畅，如果指骨关节又突出又硬，就会给人一种很生硬的感觉。而如果手指很粗很圆，则显得很笨拙。坚持做手部健美操可以使双手的线条显得更柔软、匀称一些。

使用油性的护手霜

手背上只有很少的皮脂腺，手部又经常暴露在外，所以手是非常容易干燥粗糙的。要使用偏油性的护手霜，并且随身携带，感觉双手干燥时，及时滋润，以保持肌肤娇嫩。

定期修剪指甲

手指甲不但能够保护手指，而且还能美化双手。根据爱好和手型，将指甲修剪成椭圆形、尖形、圆弧形或方形，以弥补手部的某些缺陷，突出优点，使双手更完美。

认清洗甲水

含有高浓度丙酮的洗甲水

会伤害指甲，长期使用的话，指甲会变黄、变薄，非常脆弱。所以，在选择洗甲水时，最好先看清其成分标识。

要知道，我们手上的肌肤分布着很少、而且很不均匀的皮脂。此外，手部肌肤的含水量也比身体上其他部分要低15%，手部肌肤对保养品的吸收与渗透都远远不及脸部。所以，如果你想拥有一双漂亮的纤纤玉手，就需要按照上面教给你的方法，加倍呵护自己的双手。

Tips 完美女人养颜经

想要拥有漂亮的纤纤玉手，就要早晚将护手霜涂抹、按摩于双手，为双手补充水分和养分。值得注意的是，在白天的时候要选用具有防晒效果的护手霜，隔离紫外线的伤害。在夜间的时候要改用吸收能力较强的手部润肤霜，让双手得到滋润。

女人，小心呵护双足

在你拥有水润透亮的脸部肌肤，白皙、细致的身体肌肤，温软、滋润的手部肌肤时，你是否也拥有同样完美的足部肌肤呢？相信很多女人都不是特别在意足部的肌肤。可事实上，对于女人来说，足部肌肤同样也需要呵护。

足部的皮肤比身体上其他部位的皮肤平均要厚3～4倍左右，这样的肌肤厚度对于承受站立和行走时的压力是必不可少的。由于脚部需要承受无数次的撞击，所以出于保护自身的原因，足部肌肤会相应变厚。而这种变厚的速度要比身体其他部位较薄的肌肤快很多。

足部的肌肤是不能分泌油质的，因为足部肌肤不含任何毛囊。但是，足部的汗腺比身体上其他部分要多很多。正是因为足部肌肤与其他肌肤情况的迥异，对足部肌肤的保养与护理也应完全不同。接下来就教你如何更好地呵护双足。

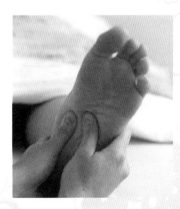

浸泡

浸泡的目的是为了软化角质，在足部角质软化之后，清洁护理的效果才会更好。浸泡的时候最好是在温水中先加入适量浸足液，然后再把脚放进去，之后再慢慢加入热水。这样一来就能更好地促进血液循环，消除疲劳。

去角质

去角质是为了彻底清理足部的死皮。在为足部去角质的过程中，要先用掌心搓暖足部去角质膏，然后再涂于足部湿润的地方，之后以打圈的方式轻轻磨去脚趾、脚面和脚心的死皮和角质，然后滞留数分钟后用温水洗净即可。使用足部去角质膏是为了更好地清除足部死皮，让足部感觉更加清爽。

滋润

在经过了浸泡与去角质之后，就可以对足部进行充足的滋润。在滋润足部的过程中，需要将爽足乳通过按摩渗入到整个足部。这样不仅可以有效地滋润足部肌肤，还可以减少厚皮的增生，保持肌肤柔润。

清爽

清爽的目的在于消除足部肌肤的紧张状态，让双足恢复活力。在清爽足部的过程中，需要在足部感到疲倦的地方，轻轻喷一些爽足喷雾。这样就可以起到更好的清凉、镇静以及滋润作用。

按摩

对脚部的按摩一般都从脚趾开始，对同一个位置需要用双手交替按摩，也可以用打圈的方式按摩。在按摩的时候要用中等力度刺激穴位，加快血液的循环。

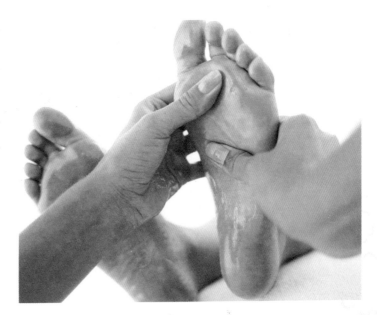

Tips 完美女人养颜经

要呵护好双足就要养成好的生活习惯，如每天洗脚，擦脚的毛巾要经常用开水烫或放在阳光下晒，以消毒杀菌。到一定季节要穿透气性好的鞋，通常布鞋透气性最好，皮鞋透气效果也不错。

PART 2

内外兼修，留不住岁月，
留住美丽

从脏腑和气血入手，由内而外升华美丽

做美丽"零毒素"女人

顺应天时，滋养丽质容颜

重视生活点滴，把握美丽的脉动

从脏腑和气血入手，由内而外升华美丽

女人肌肤好颜色，从"心"开始

　　心脏是人类的供血器官，位于胸腔内，膈肌的上方，两肺之间，约 2/3 在中线左侧。心脏的形状如一倒置的、前后略扁的桃子。需要指出的是，心在五脏六腑中居于首位，乃"君主之官"。对女性容貌而言，心掌管的是其根本——容颜面色。因此，女人要想养出肌肤的好颜色，需从"心"开始。

　　中医认为，"心主血脉，其华在面"，即心脏司血液循环，心气能推动血液的运行，从而将营养物质输送至全身各个脏腑器官和组织。而面部又是血脉最为丰富的部位，因此，心的功能正常与否，常可以从面部皮肤的色泽反映出来。心气旺盛，血脉充盈，循环通畅，则面色红润光泽；如果心气不足，则面部供血不足，皮肤得不到滋养，面色苍白无华；心血亏虚则面色萎黄；心血瘀阻则面色灰暗。

　　心的功能如此重要，在日常生活中，我们又应该采取怎样的措施来呵护我们的心脏呢？

　　首先，在情绪方面，女人要静心、宽心。所谓"静心"

就是要心绪宁静，戒大喜大悲，情绪失当会使肾上腺素分泌增加，血压升高，心脏最先受累。所谓"宽心"就是要心胸豁达，乐观大度，笑对人生。

其次，在饮食方面要注意以下事项：

① 食物营养要平衡，多吃富含维生素 C 的新鲜蔬菜、瓜果、鱼和植物蛋白，少吃过多的动物脂肪和胆固醇含量较高的食物，如骨髓、内脏、肥肉、奶油等。

② 饮食要清淡，提倡低盐饮食，因为食盐过多会损伤容颜，同时增加血容量，加重心脏的负担，容易患上各种心血管疾病。

需要特别提醒的是，日常生活中保心养颜的食物有茯苓、坚果、黄豆、黑芝麻、小枣、莲子等，不妨适量吃一些，也可以将它们熬粥食用。

最后，不要忽略了运动。太极、瑜伽都是不错的养心运动。需要注意的是，和缓的有氧运动，能够使呼吸保持平缓，也能够使心脏的微细血管和经络得到足够的养护。运动的时间最好安排在清晨或傍晚天气凉爽时。

Tips 完美女人养颜经

中医认为，心脏是生命的根本。中午 11：00～13：00 是心脏功能最强的时段，有需要耗神思考的工作，可以利用中午这段时间来完成。而晚间 21：00～凌晨 1：00 是心脏功能最弱的时段，所以心脏较弱的人宜早睡。

养肝美容总相宜

　　肝脏在血液循环的时候发挥着过滤血液的作用，对于身体代谢、毒素清除有着很大的帮助。如果肝脏长期超负荷工作，太多的身体毒素无法及时排出，反映到女性的脸部就是脸色暗哑、色素沉着。所以，不想让脸色难看的女人就要好好呵护自己的肝脏。

　　《黄帝内经》中讲，肝主疏泄，开窍于目，可以起到调节血流量和调畅全身气机的作用，使人的全身气血通畅平和。所以我们会发现，那些肝功能正常的女性，往往面色红润，皮肤有光泽；而那些肝的疏泄功能失常的女性，则脸色常常发青还容易出现各种色斑。这主要就是因为肝血不足，不能给面部皮肤提供充足的养分，使面部缺少滋养，因而脸色就会暗淡无光、两目干涩，视物不清。

　　在五脏六腑中，肝脏是最"吃苦耐劳"的器官，只要还有1/5的肝脏是健康的，它就会坚持正常工作。肝脏的主要工作就是通过过滤血液，起到代谢、排毒的作用，如果肝脏的工作出现问题，那我们的身体就会因无法正常排毒而出现各种问题。在众多肝脏引起的问题中，肌肤问题可以说是爱美女性最大的困扰。由此可见，不想被痘痘、油光、暗沉影响美丽面容的女性，一定注意养肝。接下来就为大家介绍一些春季养肝的方法。

饮食合理

暴饮暴食或者长时间的饥饿，都会引起消化分泌的异常，导致肝脏功能的失调。所以，肝旺于春季，在春季的时候，尤其要保持饮食的均衡。在食物中要保证蛋白质、碳水化合物、维生素、脂肪、矿物质的摄入量合理。此外，还要尽量少吃辛辣食物，多吃蔬菜、水果等。

少喝酒

在初春的时候，寒气还比较旺盛，适量喝一些酒可以通经、活血、化瘀，使肝脏阳气生发。但是，饮酒如果过度，就会伤害肝脏功能。据医学研究表明，体重60千克的健康人，每天只能代谢60克酒精，若超过限量，就会影响肝脏健康，甚至造成酒精中毒，危及生命。

保持乐观心态

一般情况下，乐观开朗的的人更容易拥有健康的身体。由于肝脏喜疏恶郁，而生气发怒则会导致肝脏气血瘀滞不畅而造成疾病。所以，保持良好的心境，不仅能使肝火熄灭，肝气正常生发、顺调，还能让肌肤也显得生机勃勃。

Tips 完美女人养颜经

春节肝火较盛，特别容易形成毒素的堆积，使身体中的气血不通畅，阴阳失调。所以，为了让血液循环更顺畅，让身体中的毒素能够尽快地排出，最好通过中医按摩的方式来活血化瘀、通经止痛、舒缓疲劳、祛风散寒，以此来养肝保健。

养肺，滋养不老容颜

五脏六腑之中，肺的位置最高，所以，人们将肺称为五脏之华盖。又由于肺叶比较娇嫩，不耐寒热，较易被恶邪侵害，又被称为"娇脏"。就美容方面来说，肺是负责管理我们肌肤的，它能够将我们身体里的气血和津液输布到皮肤、毫毛中来，起滋润营养作用。此外，肺还负责掌管毛孔的开合，调节体温和抵抗外邪。

对于女人，世界上没有任何一件衣衫能比健康的皮肤更美丽，也没有任何一款面罩比光润的脸面来得更自然，更没有一顶帽子能与亮丽的头发相媲美。

《黄帝内经》认为，肺主皮毛，意思就是人的毛发和皮肤的健康主要依赖肺脏的健康，肺部精气充足的女性，皮肤、头发都会得到充足的养分，人的肌肤也就会变得红润光滑，头发黑亮。一旦肺部出现异常，人的肌肤就表现为干燥粗糙，憔悴苍白。所以为了拥有一头黑亮飘逸的长发，一身润泽细腻的肌肤，女人就尤其要学会养肺。

如果你能悉心照顾自己的肺部，就能拥有白皙、红润、富有弹性的肌肤。相反，如果你没有好好呵护自己的肺部，肌肤就会没有光泽、暗沉。那么，如何才能好好地呵护肺部呢？其实很简单，只要在干燥的秋季，加强对肺部的照顾，就能让娇弱的肺部健康，让容颜变漂亮。接下来就为大家介绍几种秋季养肺的方法。

以水养肺

肺是一个开放的系统，从鼻腔到气管最后到肺部，形成了气的通路。肺部的水分能够随着气体的排出散发。如果空气干燥，缺少水分就可能造成肺黏膜和呼吸道受损伤。所以，要养肺就要补水。

① 多喝水：一个成人每天水的生理需要量最低限度为1 500毫升，而秋天为2 000毫升，这样才能保证肺和呼吸道的润滑，饮水以多次少饮为最佳。

② 环境补水：要保持环境湿润，可适当用加湿器。当我们身体内部湿润时，就不容易被外部的燥邪所侵犯，可以起到保护肺的作用。

以气养肺

肺主气，司呼吸。由此可见，吸入肺部空气的质量对肺部的功能有着很大的影响。要想让肺部保持清洁，首先要戒烟，并且还要避免吸二手烟的危害。其次就是要多呼吸新鲜的空气，尽量将肺部的浊气排走。

① 缩唇呼吸法：快速吸满一口气，吐气时像吹口哨一样慢慢"吹"出，目的是让空气在肺里停留的时间长一些，让肺部气体交换更充分，有支气管炎的女性可常做。

② 腹式呼吸法：伸开双臂，尽量扩张胸部，然后用腹部带动来呼吸，这种呼吸方式的目的是增加肺容量，尤其有利于慢阻肺和肺气肿的女性病情的恢复。

Tips 完美女人养颜经

要想身体健康、面色红润就要滋养肺部。而要让肺部得到更好的锻炼，平时就要笑口常开。因为，在我们笑的时候，胸肌能得到伸展，肺活量会增大。其实，不管是微笑还是开怀大笑，只要是发自肺腑的笑，都能达到健身的效果。

呵护肾脏，抵御岁月的无情侵蚀

俗话说："男怕伤肝，女怕伤肾"，从这句话可以看出肾脏对女人的重要。其实，只要你仔细留意就会发现女人和男人比起来更容易变老，而加快女人衰老的罪魁祸首就是肾脏功能衰退。所以，女性朋友想要抵御岁月的侵袭，就要好好呵护自己的肾。

在五脏六腑中，肾为先天之本，肾脏的作用是藏精，主宰身体阴阳之气。中医认为，人是由精和气组成的，而精又是人体生命中活动的基本物质，藏在肾中的精有着促进人体生长、发育和生殖的作用。

肾精气充足，女性的生长发育及生殖功能就会正常，面色就会红润，齿固发黑，一旦肾脏虚弱，肾中精气不足，一些女性就会出现头发稀少，皮肤没有光泽，眼圈发黑等问题。

对女性来说，肾脏功能不好，还会使造血功能受到损害，导致气血两虚，从而引起各种疾病。所以，我国古代养生和美容都重视养肾的重要性，肾的健康是保持青春活力，延缓衰老最重要的方法。接下来就教你如何保护好自己的肾脏。

通过饮食护肾

众所周知，药补不如食补，所以，要护肾、养肾就要从饮食开始做起。具有补肾功效的食物包括：

① 枸杞子：性平，味甘，具有补肾养肝、益精明目、壮筋骨、除腰痛、久服能益寿延年等功用。

② 豇豆：性平，味甘，具有补肾和健脾的双重作用。

③ 山药：性平，味甘，为中医"上品"之药，具有补肺、健脾作用，能益肾填精。

④ 何首乌：具有补肝肾、益精血的作用，历代医家均用之于肾虚之人。

⑤ 食用动物肾脏具有补肾益精作用，是中医学"以脏养脏"理论的具体体现。

通过按摩护肾

护肾首先也应该从日常生活开始。而除了做到劳逸结合，均衡饮食，平时多参与休闲活动之外，多做一些简单的按摩，也是可以达到护肾健肾的功效的。能够护肾的按摩方法为：

① 按：每天早上起床后和晚上睡觉前，先将两手对搓

至手心热后，分别放在腰部两侧，手掌贴着皮肤，上下按摩腰部，直到有热感为止，每次200下左右。

② 搓：两手对掌搓热后，以左手搓右脚心，以右手搓左脚心，每次搓300下，早晚各一次。

③ 缩：全身放松，自然呼吸；呼气时，做缩肛动作，吸气时放松，反复进行30次左右，随时随地都可以进行。

Tips 完美女人养颜经

　　肾脏对于女人就像健康与美丽的发动机，所以，女性朋友如果不想让岁月在你脸上留下明显的痕迹，就一定要悉心呵护好自己的肾脏。如今越来越大的工作压力、紧张的情绪、食用大量温燥食品都可能对肾脏造成伤害，所以日常生活一定要有节制。

 纠正贫血，让你美丽十足

　　如果说女性朋友是一朵花，那么血液就是花朵绽放美丽的土壤，如果土壤不够肥沃又怎能滋养出漂亮的容颜呢？我国中医学中曾经提到过："女人以血为本，以血为用"。由此可见，女人要想美丽十足，先要拥有充足的血液。

　　女子是以"血"为生命之依托的，所谓"以血为本，以血为用"，一旦血液不够充沛，就会导致体虚多病。

　　人体是"血肉之躯"，只有血充足，皮肤才会显得有血色，面部才会有光泽；只有肉实，肌肉才能发达，体形才会健美。对于女性来说，追求美丽的面容，窈窕身材，应重在养血。

　　由于我们女性特殊的"生理周期"耗血多的特点，如果不善于养血，就易出现脸色萎黄、唇甲苍白、发枯、腰酸、头晕、眼花、乏力、气急等血虚证，即贫血。严重的人还会过早出现皱纹、脱牙、白发等早衰现象。可见，女性养血迫在眉睫。

　　此外，饮食上的某些误区，让女性特别容易贫血。而贫血不仅会影响女性的健康，还会

让红颜失色、肤涩发枯，甚至皮肤过早出现皱纹、色素沉着等。所以，女性想要拥有美丽的容颜就要补血，使气血充盈。

治疗贫血最好的方法就是食补，由于缺铁引起的贫血，应该多补充含铁食品，如多摄入猪肝、瘦肉、木耳、海带等深颜色的食品。而由于营养不良引起的贫血，就需要多多补充瘦肉、蛋、奶，常吃蔬菜、水果等。接下来就为大家介绍一些具有补血功效的食物。

红枣

红枣，又叫大枣，以形大核小、肉厚味甜者最佳。红枣补脾胃、益气血、安心神，强身效果相当理想。除此之外，红枣还有护肝作用，对贫血、胃肠病都有一定效果。

黑豆

黑豆中含有大量的微量元素，如锌、铜、镁、钼、硒等，而这些微量元素对延缓人体衰老、降低血液黏稠度等非常重要。

龙眼肉

龙眼肉就是桂圆肉，所含铁质非常丰富，是补血佳品，并且龙眼肉中还含有维生素A、B族维生素、葡萄糖、蔗糖等营养素，能治疗健忘、心悸、神经衰弱之不眠症，月经之后的女性朋友可以用龙眼汤、龙眼胶、龙眼酒等来补血。

金针菜

金针菜是黄花菜的花蕾，不仅味鲜质嫩，还含有大量的铁，其铁的含量比大家熟悉的菠菜还高20倍。所以，它的补血效果十分好。

面筋

面筋是一种植物性蛋白质，由麦胶蛋白质和麦谷蛋白质组成，一般的素食馆、卤味摊都有供应。面筋的铁含量相当丰富，而补血必须先补铁。

Tips 完美女人养颜经

女性在补血的时候，应该注意以下问题：① 不要喝浓茶或咖啡，因茶、咖啡中含有大量鞣酸，能与铁生成不溶性的铁质，而妨碍铁的吸收。② 牛奶及其他碱性物质也可影响铁的吸收，应避免同时服用，或尽量少食用。③ 食谱要广，适当多食含铁较多的食物。

谈"脂"莫色变，你的肌肤需要它

在以瘦为美的今天，女人为了拥有完美的身材，无不把脂肪视为最大的敌人。但事实上，脂肪虽然是引发肥胖的主要原因，但并不意味着我们为了苗条、漂亮就不需要脂肪。其实，脂肪对于女性的健康、美丽还是有积极作用的。

谈"脂"色变，是现代女性的特点，因为，在大多数女人眼中脂肪就等于肥胖、臃肿。有些女性朋友为了拥有好身材，不仅努力地减掉身上的脂肪，还拒绝食用一切会产生脂肪的食物。其实，这些做法并不能为我们带来真正的美丽。反而，会让我们离美丽越来越远。

追求曼妙身材没有错，拒绝肥胖也没有错，错的是有些人为了减肥而对脂肪产生的误解，使女人把脂肪当作敌人一样严防死守，而最后的结果往往是既得不到好身材，又失去了健康与美丽。所以，想要做健康富有活力的美女，就要正确认识脂肪。为了消除大家对脂肪的的坏印象，接下来就为大家介绍对美容与健康有积极意义的脂肪有哪些。

茶类脂肪

绿茶当中的脂肪含量是1.1%，乌龙茶的脂肪含量是2.4%，这两种茶的脂肪都是健康脂肪，不仅有益身体健康，还有美容养颜的功效。

黑木耳

黑木耳的脂肪含量很低只有0.6%，但是黑木耳中的脂肪可以参与身体的排毒工作。所以，经常食用含有"优质脂肪"的黑木耳，不仅能通便，还能降血压。

啤酒脂肪

啤酒脂肪主要来自于酿酒的麦芽，麦芽中脂肪含量是3.9%，它有调节激素水平和美容的作用。女性适量喝点啤酒大有裨益。

香蕉脂肪

香蕉的脂肪含量很低，却可以促进大脑分泌内啡肽，减轻心理压力。一般来说，晚饭后女性体内应激能力最高，这时吃香蕉可以让女性心情好、笑容多。

酱油脂肪

大豆是酱油的重要原料，

酱油中的脂肪和大豆相似，都有调节雌性激素的功效。所以，平时做菜用酱油代替盐，可以同时获得咸味和鲜味。

其实，好脂肪如不饱和脂肪酸、欧米茄-3脂肪酸等都是身体健康的必要营养素。好的脂肪不仅可以增强新陈代谢作用，消除多余脂肪，有效恢复体力，还可以使皮肤柔滑漂亮。此外，好脂肪还能促进消化功能，帮助排便，降低高血脂中的甘油三酯。

Tips 完美女人养颜经

脂肪是人体必需的一种营养素，它能为身体提供热量，促进脂溶性维生素的吸收，起到维持体温、保护脏器等作用。所以，想保持体形健美、追求苗条的女人也不能对脂肪完全说"不"。而且，一味对脂肪说"不"很可能还会让你不瘦反胖。

美丽一生永远的恋人——蛋白质

台湾著名作家王文华曾经这样描绘"蛋白质女孩"："她像蛋白质一样：健康、纯净、圆满……不再有矿物质的冰冷、纤维质的粗糙、胆固醇的油腻、钙质的稀少。"看了这样的描述，相信很多女人都希望能像"蛋白质女孩"一样。其实，想要成为"蛋白质女孩"，一定不能忘了为自己补充蛋白质。

蛋白质不仅是生命存在的形式，也是生命的物质基础。蛋白质所具有的维持组织生长、修补组织和更新组织的作用，是脂肪、碳水化合物所无法取代的。肌肤的表皮、真皮都是由蛋白质构成的，具有弹性的胶原纤维的主要成分也是蛋白质。所以，当身体缺少蛋白质的时候肌肤就会出现松弛、皱纹、干燥等问题。

提起蛋白质大家想到的就是健康，其实，蛋白质与美容也是息息相关的。下面就一起

看看蛋白有哪些美容功效吧！

① 蛋白质由 20 多种氨基酸组成，在肌肤的角质层中有40% 都是氨基酸，而氨基酸又是肌肤天然的保湿因子。所以，充足的氨基酸可以让肌肤更加水润。

② 酵素是一种活性蛋白质，对因紫外线、压力造成的肌肤暗沉、疲倦有很好的功效。

③ 排列组合两个以上、能被人体利用的氨基酸就称为"胜肽"。胜肽能指挥肌肤细胞发生作用，从而增加胶原蛋白生成。要想除皱并提升面部轮廓，胜肽是最好的帮手。

一般情况下，如果我们摄入的蛋白质不足，肌肤细胞就会因失去营养而丧失弹性，产生皱纹。所以，如果想让肌肤持久滋润、细致、富有弹性，女性朋友就要为身体补充充足的蛋白质。接下来就为大家介绍如何才能轻轻松松为肌肤补充蛋白质。

饮食

通过摄取食物补充蛋白质是最简单、最传统的方式。优质蛋白质能有效提高人体的免疫系统功能，一般成人每天需要摄入 80 ～ 100 克的蛋白质，其中优质蛋白质至少要达到50%，才能保证体内免疫系统的正常运作。一般富含蛋白质的食物包括：瘦肉、海鲜、牛

奶、鸡蛋等。想要让肌肤健康，就要多吃以上食物。在此要提

醒大家的是，通过节食减肥的女人会因为摄入的蛋白质的减

少，而使肌肤变得粗糙、松弛。

护肤

通过护肤品补充蛋白质是最直接的方式。现在，含有胶原蛋白、氨基酸和胜肽的护肤品越来越多，这类护肤品是将

营养变成非常小的分子，能轻松被肌肤吸收。而且氨基酸本身就是肌肤原有的成分，不会引起皮肤过敏。所以，女性朋

友可以放心选择这些护肤品，为肌肤补充蛋白质。

营养液

由于蛋白质丰富的食物一般都含有大量的胆固醇与热量。

所以，既要补充蛋白质，又想美容的女人，可以选择服用含

有氨基酸、胶原蛋白的营养液来为自己补充蛋白质。

Tips 完美女人养颜经

如今，很多人通过服用蛋白质粉来补充蛋白质。那么，食用蛋白质粉时应注意什么呢？首先，蛋白质粉不可以空腹服用。其次，在服用蛋白质粉时，不宜过度加热。最后，不要与酸性饮料一起服用。

维生素，女人不可或缺的美容剂

白嫩、红润、光泽、有弹性的肌肤才是完美的肌肤。想要拥有这样完美的肌肤，除了先天肤质要好，后天保养要细致，还要为肌肤提供充足的营养。一个营养均衡的人的肌肤才有可能是完美的，而维生素就是肌肤所需营养中最为重要的一种。

维生素不仅可以提供维持人体正常功能的营养，还可以

为肌肤补充动力与活力。身体对于维生素的需求量是微乎其

微的，但是，维生素在体内的作用却是很大的。我们体内的

维生素供给不足时，就会引起身体新陈代谢的障碍，从而造成肌肤功能障碍。为此，女性朋友只有重视维生素，补充维生素，才能做漂亮的维生素美人。接下来就为你具体介绍一下不同维生素的功效。

维生素 A 的功效

维生素 A 可以使人的皮肤变得柔润、眼睛变得明亮，并减少皮脂溢出，使皮肤有弹性。饮食中如缺少维生素 A，皮肤表现为粗糙、无光泽，易松弛老化。维生素 A 主要存在于动物肝脏、奶油、白薯、胡萝卜、绿叶蔬菜、番茄等食物中。

B 族维生素的功效

B 族维生素的主要作用是增强肌肤的抵抗力。如果膳食中缺少维生素 B_1，除人体易感疲劳、抵抗力降低外，皮肤也易干燥并产生皱纹；维生素 B_2 缺乏，可发生口角炎和脂溢性皮炎、粉刺及色斑等；维生素 B_6 有益皮肤，还有美发之效。

维生素 C 的功效

维生素 C 可以预防色素沉着，并分解肌肤中已有的黑色素。减少黑斑、雀斑等肌肤问题的发生几率，使肌肤更加洁白细嫩。维生素 C 主要存在于柠檬、猕猴桃、芒果、草莓、番茄、白菜、苦瓜等食物中。

维生素 D 的功效

维生素 D 的作用是促进肌肤的新陈代谢，增强对湿疹、疮疥的抵抗力，并且促进牙齿的生长。维生素 D 存在于牛奶、蛋黄、动物肝脏等动物性食物中，经常晒太阳也可以补充维生素 D。

维生素 E 的功效

维生素 E 可以说是抗衰老之王，它具有抗氧化作用，保护了皮脂和细胞膜蛋白质及皮肤中的水分。维生素 E 还能促进人体细胞的再生与活力，推迟细胞的老化过程，从而延缓肌肤的衰老。维生素 E 主要存在于瘦肉、葵花子油、核桃、葵花子、花生、芝麻、莴笋叶、乳制品等食物中。

Tips 完美女人养颜经

维生素虽是营养素，但如果服用过量，也会导致药物中毒。比如维生素 A 长期服用可发生骨骼脱钙、关节疼痛、皮肤干燥、食欲减退、肝脾肿大等中毒症状。而过多补充维生素 D，则容易引起高血钙症，还会有厌食、恶心、呕吐、肌肉乏力等身体不良反应。

做美丽 "零毒素" 女人

身体中的 "毒"，你了解吗？

　　每天我们都要清洁自己的身体，将肌肤上的油脂、污垢以及毛发上的灰尘清理干净。这样做不仅能让我们清爽、整洁，还有利于健康。可是，在我们清理了身体外部的污垢之后，是不是也应该清洁一下我们身体的内部呢？答案是肯定的，因为，如果不及时为身体排毒，我们很可能会中 "毒"。

外在的环境压力与污染、细菌、病毒，以及脂肪、糖、蛋白质等物质在新陈代谢过程中产生的废物，被西医认为是"毒"。而中医中"毒"的概念则更广泛，人体内代谢出来的产物都被认为是毒，此外，源于机体外的，人体所不能适应的"风、寒、暑、湿、燥、火"也被中医定义为"毒"。

其实，不管是中医概念中的"毒"，还是西医定义下的"毒"，都会对我们的身体产生伤害。所以，为了健康，每个人都需要排毒。而排毒指的就是通过全身的调理，提高机体的适应能力，然后主动地将各种有害物质转化或者分解，排

毒的方式包括排汗、排泄、咳嗽、打喷嚏等。

身体中的"毒"，不仅会使我们的肠胃不舒服，还会让我们产生难堪的口臭、痘痘以及肥胖。所以，爱美的女性一定要努力把身体中的毒素排出。然而，在排毒之前，首先要认清的就是我们身体中的毒素都来自哪里。

饮食产生的毒素

我们都知道"病从口入"的道理。其实，身体中的毒素大部分也都是通过饮食进入身体的。下面就让我们去看看哪些食物会产生毒素。

① 烧焦食物：如烧烤过的食物；② 高温烹调的食物；③ 已发芽的食物；④ 腐败食物；⑤ 食物添加剂；⑥ 用回锅油煎炸的食物，如油条、炸鸡等；⑦ 制作不洁的发酵食物，如臭豆腐；⑧ 漂白过或含色素、防腐剂、糖精的加工食品，如漂白过的开心果、银耳、腌制零食等。

环境中的毒素

每个人都是生活在自然环境中的，而如今环境污染日趋严重，人体内环境污染也随之加重。此外，生活在都市中的人，还会因紧张的生活产生压力，进而影响新陈代谢。当新陈代谢不佳的时候，人体就会吸收本不该吸收的毒素。

Tips 完美女人养颜经

当你的脸上泛起油光，出现痘痘时，很可能是身体中堆积毒素过多造成的。此时，你需要做的不只是保养肌肤，而是更应该为身体排毒。请你再记一次，能够让毒素从你的身体中顺利排出的方式包括排汗、排泄、咳嗽、打喷嚏等。

排毒先要清肠通便

健康又美丽是每个女人的追求，为了能让这个追求变为现实，女人们愿意付出任何代价。其实，想要健康又美丽并不用付出多大代价。只要能保证身体顺利排毒，不让毒素在你内作威作福，就能轻轻松松享受健康与美丽。而要让身体顺利排毒，最重要的就是肠道顺畅，所以，爱美的女性一定要重视清肠通便。

如今，越来越多的女性朋友由于不规律的生活作息及不合理的饮食而出现便秘的情况。便秘会让身体中的毒素无法正常排出，从而引起肌肤暗沉、痘痘、油光等问题。所以，如果你不想因为无法正常排毒而失去完美肌肤，就要做好润肠通便的工作。接下来就为大家介绍几种排毒润肠的好方法。

泡个热水澡

每天泡个热水澡，不仅能缓解压力，还能促进身体的血液循环，刺激胃肠蠕动，达到润肠通便的效果。

按摩腹部

当你感觉肚子胀气、不舒服的时候可以试着按摩腹部。按摩的手法很简单，只要在肚子上顺时针地画圈圈即可。按摩最好能持续 5 分钟以上，配合深呼吸，则可以更好地改善胀气，促进胃肠蠕动。

适量摄入油脂

有些人为了减肥，完全不碰油脂，这样其实是不好的，因为适量的油脂能够帮助通便，同时也能增加饱足感。

释放压力

持续积累的压力会影响胃肠的蠕动，所以，你可以通过看看书、听听音乐来释放压力。

早上喝一杯蜂蜜水

蜂蜜当中所含的糖类比较丰富，而糖类可以很好地吸收身体中的水分并溶解在胃肠中，对于促进排便有很好的帮助。特别是在早上空腹的情况下喝蜂蜜，更有利于加快胃肠蠕动。

多喝水

水分可以很好地促进新陈代谢，但是我们摄入的水分只有十分之一是被大肠吸收的。因此水分摄入不足就会严重影响肠胃蠕动。

Tips 完美女人养颜经

想要肠道通畅就要多吃蔬菜、水果以及杂粮等高纤维的食物。因为，高纤维的食物可以促进肠胃蠕动，帮助人体排出多余的油脂，同时还起到抗氧化的作用。富含高纤维的食物就如同一把刷子，能够将肠道中的毒素排出，维持肠道内微生态的平衡。

最有"办法"的排毒食物

俗话说："成也萧何，败也萧何。"将这句话放到排毒上应该就是，"成也食物，败也食物"。简单来讲就是，毒素进入身体是通过食物，毒素排出身体也靠食物。由此可见，只要我们吃得合理、吃得正确，排毒就是一件轻而易举的小事情。

健康的身体需要适时地排毒，而有效的排毒则需要选对食物。那么，什么样的食物才能帮助我们顺利地排出毒素，获得健康的身体与美丽的肌肤呢？接下来就为大家介绍日常生活中对排毒养颜最有"办法"的食物。

木耳

木耳中含有碳水化合物、卵磷脂、纤维素、葡萄糖、木糖、胡萝卜素、维生素C、蛋白质、铁、钙、磷等多种营养成分，被誉为"素中之荤"。在木耳当中富含的植物胶质，有着很强的吸附能力，人体消化系统中的杂质都能被这种物质吸收，然后再排出体外，以此来实现排毒的效果。

苦瓜

苦瓜富含蛋白质、糖类、粗纤维、维生素 C、维生素 B_1、维生素 B_2、尼克酸、胡萝卜素、钙、铁等成分。医学研究发现，苦瓜中存在一种具有明显抗癌作用的活性蛋白质，这种蛋白质能够激发体内免疫系统的防御功能，增加免疫细胞的活性，清除体内的有害物质。

蜂蜜

蜂蜜富含维生素 B_2、维生素 C，以及果糖、葡萄糖、麦芽糖、蔗糖、优质蛋白质、钾、钠、铁、天然香料、乳酸、苹果酸、淀粉酶、氧化酶等多种成分，对润肺止咳、润肠通便、排毒养颜有显著功效。近代医学研究证明，蜂蜜中的主要成分葡萄糖和果糖，很容易被人体吸收利用。常吃蜂蜜能达到排出毒素、美容养颜的效果。

胡萝卜

胡萝卜富含糖类、脂肪、维生素 A、维生素 B_1、维生素 B_2、花青素、胡萝卜素、钙、铁等营养成分。现代医学已经证明，胡萝卜是有效的解毒食物，它不仅含有丰富的胡萝卜素，而且含有大量的果胶，与体内的汞离子结合之后，能有效降低血液中汞离子的浓度，加速体内汞离子的排出。

海带

海带中含有一种叫硫酸多糖的物质，能够吸收血管中的胆固醇，并把它们排出体外，使血液中的胆固醇保持正常含量。另外，海带表面上有一层略带甜味的白色粉末，是极具医疗价值的甘露醇，具有良好的利尿作用，可以治疗药物中毒、浮肿等症，所以，海带是理想的排毒养颜食物。

Tips 完美女人养颜经

当身体中的毒素被排出体外之后，你不仅会感觉身体轻盈，还会感到精神焕发。要将体内的毒素排出体外，除了要多吃能帮助身体排毒的食物，还要多喝水。每天摄入2 000～2 500毫升的开水或者清淡饮料，有助于消化与排毒。

喝茶排毒，健康又安全

现在，可供大家选择的饮料越来越多了。不管是香醇的奶茶，还是香甜的果汁，或是浓郁的咖啡，不管是哪一种都有不错的口感。但是，在你饮用这些饮料之余，不要忘了为自己沏上一杯香茶。因为，喝茶不仅能让你神清气爽，还能帮你排毒。

喝茶大家应该都不陌生，但是怎样喝才能既帮助身体排出毒素，又达到美容养颜的效果，大家可能就不是很了解了。下面就为大家介绍如何通过喝茶，健康又安全地为身体排毒。

找到能帮助身体排毒的茶

① 菊花茶：菊花茶具有排毒的作用，其对体内积存的有害化学或放射性物质，有很好的排毒功效。

② 普洱茶：普洱茶对于促进脂肪代谢，消除、分解腹部脂肪有很好的功效。

③ 艾蒿茶：对浮肿的治疗主要是排除体内多余的水分，达到消肿的效果。在浮肿的日子里可以喝艾蒿茶，因为，其有利尿解毒的功效。

④ 乌龙茶：乌龙茶能够防止身体虚冷，吸附酒精以及积聚体内的胆固醇，带来热量。

⑤ 枸杞子茶：枸杞子茶其实也是一道中药。如果你有便秘，不妨喝一点枸杞子茶，其润肠通便的效果特别好。

用正确的方法喝茶

① 茶叶要适量：用茶壶冲茶，茶叶分量应该是1人1茶匙（3～5克）配200毫升热水，茶味便会不浓不淡。

② 水温要合适：冲绿茶应该是98℃热水，过热的水会破坏绿茶的抗氧化成分茶多酚，但冲普通香草茶则可用100℃的滚水。

③ 喝茶要适当：喝茶怕睡不着是咖啡因所致，故泡茶时第一泡待45秒后倒掉，可把茶内大部分的咖啡因冲走，不失茶味同时可减少身体吸收咖啡因。

喝茶时间有讲究

① 早晨喝茶：所有的茶都有消化作用，所以，早上不要空腹喝茶。

② 饭后喝茶：在吃过饭之后，最好等15～20分钟后再喝，这样可以提高茶的消化及排毒效果。

③ 泡茶之后1小时内喝完：泡好的茶应在1小时内喝完，因为泡久了的茶会释出有害物质，所以正确泡茶方法是每3～4分钟换一次水，喝完才泡，茶味更香浓。

一杯淡淡的清茶，不仅能让你喝出闲情逸致，还能为你带来健康与美丽。所以，优雅、美丽的女人需要喝茶。但是，由于女性生理的特点，喝茶也要适量。比如，在经期的时候就尽量不要喝茶了。其实，不管是茶，还是其他饮料，只有科学、合理饮用，才能发挥出最好的排毒养颜功效。

Tips 完美女人养颜经

　　要泡出好茶，一定要用大火将水烧沸，不要文火慢煮。绿茶不能用100℃的沸水泡，容易伤茶，一般可以先倒1/5左右的水，晃一下杯子，再放茶叶，再倒水。红茶、花茶及中低档绿茶则要求用100℃沸水。

简便的排毒操，让肌肤更靓丽

　　健身操、眼保健操、健美操对于大家来说应该都不陌生，但是，排毒操你听说过吗？其实，排毒操就是通过特定的运动，达到排毒的功效的一套操。对于想要排毒的女性来说，排毒操是不错的选择。

　　现在的都市白领每天面临的压力越来越大，每天面对的辐射越来越严重，每日摄取的食物越来越不健康，这一切都为毒素侵入身体留下了可乘之机。由此可见，排毒对于上班一族的女性来说是尤为重要的。

　　但遗憾的是，对于有着忙碌工作、不规律饮食的上班一族来说，想要抽出时间为身体好好地排毒可不是件容易的事情。身为白领的你是不是已经开始为排毒着急了呢？其实，你完全不用着急。因为，有一种简单又方便的排毒操可以帮你排出毒素，让你轻松拥有健康身体与靓丽肌肤。接下来就为你介绍这套排毒操。

排毒操第一部分

① 双手环抱上抬过脑后，
身体尽量向上挺直，深吸气。

② 上半身整体尽量向前
伸，同时调整重心，保持整个
身体平稳并慢慢呼气。

③ 在慢慢呼气的同时，尽量让上半身与下半身成直角，初练习时做不到位没关系。

排毒操第二部分

① 双手握住毛巾的两端，放在脖子后面。

② 双手高抬，尽量向上伸直，腰腹部前倾，让整个人伸展开来。

排毒操第三部分

① 身体直立站好。

② 高抬起右腿，上身前倾尽量紧抱右腿膝盖，抬起腿的脚尖绷直，保持 3 秒钟。

这套排毒健身操虽然简单，排毒效果却很好，对于工作压力大，生活不规律的白领非常适用。如果你不想因为身体中的毒素而失去健康与美丽，就请你每天饭后 2 小时，认认真真地做这套可以促进胃肠消化的排毒操吧！

Tips 完美女人养颜经

　　进行排毒操之前，最好先做一下热身运动，如利用家里的楼梯，右脚先踏上阶梯，左脚跟上；然后，右脚先下，右脚跟下，1 分钟后，换由左脚先上，右脚跟进。此热身运动在操作时，可配合快节奏的音乐或在心里默数拍子以增加节奏感。

瑜伽五式，排毒亮肤

　　瑜伽既能让女人变得优雅、漂亮，又能帮助女人保持好身材。所以，越来越多的都市女性开始青睐瑜伽这项运动。其实，修炼瑜伽的好处除了能提升气质，保持身材，还能有效排毒。

瑜伽中每一个轻柔的按摩以及伸展都能让身体受益，加速血液循环，帮助身体排出毒素，让身体可以由内而外，内外结合地得到锻炼。想要通过瑜伽排毒，拥有更年轻、更滋润、更健康肌肤的女性，就一起来修炼瑜伽五式吧！

第一式：双角式

① 双脚与肩同宽站立，双手紧贴大腿两侧。

② 双手在体后臀部交叉，肩部绷紧。

③ 缓缓吸气的同时收紧肩胛骨，挺胸，头部尽可能地向后仰。

④ 呼气时，上半身尽量弯向腿部，停留，进行 3 ～ 6 次深呼吸。吸气，起身恢复站立姿势。可根据以上步骤重复 3 ～ 5 次。

作用：

　　双角式对于伸展背部肌肉，促进血液循环有很好的作用。此外，此招式还能向头部和面部输送血液。

第二式：骆驼式

① 双膝与肩同宽，脚趾抓地跪立。

② 左手放到左脚跟上，腹部前挺。

③ 右手尽量向上举，保持 3 ～ 5 次呼吸。

④ 手臂收回，上身前俯，额头点地，保持 3 ～ 5 次呼吸，换右侧重复以上动作。

作用：

　　骆驼式对于驼背有非常好的矫正效果，还可美脊、消耗后背的脂肪。

第三式：弓式

① 俯卧，下腭点地，双手掌心朝上放在大腿两侧，双脚并拢。

② 俯卧，下腭点地，双脚并拢，向臀部弯曲，双手勾住双脚脚面。

③ 吸气，双手和两腿尽量向上抬，双膝离地，自然呼吸。呼气，还原成俯卧状态。放松，再根据以上步骤重复做2次。

作用：

这个动作可以帮助雕塑臀部线条，减少腰部多余脂肪，同时增强背部肌肉群，消除疲劳，放松髋部和肩关节。

第四式：三角扭转式

① 双腿伸直，两脚分开，扣右侧脚掌，打开左脚掌朝侧方向。

② 两臂侧平举，保持水平。

③ 呼气同时弯腰，左手尽量够向左脚外侧，两臂尽量成一直线与地面垂直。保持3～5次呼吸。

④ 呼气时向下转身，右手尽量够向左脚内侧，两臂尽量成一直线与地面垂直。保持3～5次呼吸。还原后，换另一侧重复以上动作。

作用：

三角扭转式可促进面部血液循环，增加腰部的柔软性，也可消除腰部多余的赘肉。

第五式：反船式

① 俯卧，手臂平行向前方伸直，双腿并拢。

② 吸气，将双臀双腿尽量向上抬，保持 3 ～ 5 次呼吸。

③ 抬双臀的同时双腿也可交叉向上抬。保持 3 ～ 5 次呼吸。

作用：

反船式可以很好地收紧背部和腰部的赘肉，伸展脊柱，雕塑背部线条。

Tips 完美女人养颜经

清晨，早饭之前是瑜伽锻炼的最佳时间。事实上更为具体的练习时间规定是：早晨在太阳出来以前要进行练习，中午在太阳到头顶时进行练习，傍晚在日落以后练习，午夜在 0：00 练习。不同时间要练习不同的内容，例如早晨多练习体位法，中午多练习庞达，晚上多练习冥想等。

顺应天时，滋养丽质容颜

春季，"面子"工程怎么做？

俗话说："一日之计在于晨，一年之计在于春。"万物复苏的春天对于我们是多么的重要。其实，春天不仅是生长的最佳季节，也是女人保养肌肤的重要时刻。所以，爱美的女性此时一定要抓住大好时光，做好"面子"工程。

当我们送走寒冷的冬天，迎来温暖的春天，一切都开始欣欣向荣，这其中也包括女性朋友的肌肤。春季，由于温度的回升，肌肤的新陈代谢开始活跃，皮脂腺与汗腺分泌也日益增多。不过，此时潜伏在空气中的花粉、灰尘以及细菌都会为肌肤带来不利的影响。所以，在春天不想让肌肤受到伤害的女性就要好好保养自己的肌肤了。

那么，在春天我们应该如何做好"面子"工程呢？接下来就为大家介绍春季保养肌肤需要注意的问题。

为肌肤做好清洁工作

春天的时候，每天至少要洗 3 次脸，而且最好选择刺激性较小的清洁产品。此外，清洗的时候也应该用温水彻底清洗。

为肌肤补足水分

肌肤只有保持充足的水分，才能更加细腻润滑。所以，在空气干燥的春季一定要及时为肌肤补充充足的水分。

促进肌肤新陈代谢

想要在春季促进肌肤的新陈代谢，不仅可以借助春天温暖的阳光外，还可进行面部蒸汽浴和面部健美按摩，以促进头部血液循环，增强皮肤弹性，减少皱纹发生。

选择适合的护肤品

在季节更换了之后，护肤品要"换季"。除了使用具保湿及修复受损细胞功能的低油度面霜外，粉底应改用干湿两用。在晚间护肤的时候应选用水质的保养品，以让皮肤充分休息。

防晒工作要加强

在初春的时候，气候变化无常，寒风和空气中的尘埃以及逐渐增强的紫外线都对肌肤有很大的危害。特别是脸上有雀斑、暗沉的女性，一定要注意防止阳光过度的照射。

保证充足的睡眠

想要有好的肌肤，必然要有好的睡眠。在春天的时候，也应该保证充足的睡眠，规律的作息。避免过度紧张，不要时常熬夜。

预防肌肤过敏发生

春季气候干燥，肌肤水分蒸发快，而且还有风沙、粉尘造成刺激，都易引起肌肤过敏。所以，对于敏感型肌肤者，就要尽量避免外出春游。必要时，外出可用面纱或口罩，避免接触花粉。

合理膳食

想要在春季拥有好肌肤，就要注意饮食，尽量避免过量食用高脂类、糖类食品以及葱、蒜等刺激性调味品。而要多摄取富含维生素、矿物质的食物。

Tips 完美女人养颜经

春季肌肤血管和毛孔都会扩张，皮脂分泌也比较旺盛，面部容易长痘痘、粉刺甚至痤疮。所以，春季应该多用一些含有油脂成分的护肤品，如维生素、柠檬、奶液为主的护肤品。这样就能既不影响肌肤正常代谢，又为肌肤提供有效滋养。

夏天里的保养之道

热情似火的夏季，是女人展现美丽的最佳季节。此时，不管是性感、漂亮的衣服，还是亮丽、可爱的装扮都让女人显得魅力十足。不过，在你尽情挥洒美丽的时候，千万不要忘了夏日里的保养工作。因为，好的保养能让你释放更多的美丽。

夏天是女人最爱的季节，也是最恨的季节。说女人爱夏天，是因为此时她们可以肆无忌惮地将最美的自己尽情展示。说女人恨夏天，是因为炎热的温度、热烈的太阳让她们的肌肤无法畅快呼吸。其实，只要能够做好保养工作，就能赶走夏天里的烦恼，让女人坚定地对夏天说"我爱你"。

防晒工作是重点

夏日里骄阳似火的大太阳，对白皙的肌肤是一大考验。要想顺利度过这个考验，就要做好防晒工作。而要做好防晒工作就要注意以下几点：

① 出门前20钟使用防晒护肤品。

② 尽量避免在10：00～14：00之间出门。

③ 根据时间及外出的活动来选择SPF值适合的防晒护肤品，每隔一段时间需再搽一次。

④ 不能等到阳光强烈时才用防晒用品。因为阳光中的紫外线，即使在薄雾、阴天和多云的天气，也照样存在。

巧妙利用水果养颜

丰富的水果为烈日炎炎的夏天生活增加了不少色彩。其实，只要巧妙利用水果，不仅能让生活更美妙，还能让肌肤更滋润。下面就带大家去看看如何巧妙利用水果。

① 吃：吃水果能让我们最直接地摄入水果的营养物质，而这些营养物质对于肌肤都有很好的作用，如富含维生素C及铁的荔枝能使肌肤红润光泽，富含糖、蛋白质、β－胡萝卜素的樱桃能让肌肤白皙、有弹性。

② 敷：把水果制成面膜敷在脸上不仅可以修复肌肤已经出现的问题，还能有效地滋养肌肤。如草莓面膜对治疗小痘痘，美白肌肤有很好的效果。

避免陷入养眼误区

夏日是娇弱肌肤最容易出问题的时候。而让肌肤在夏天频繁亮起红灯的，不仅仅是天气，还有错误的保养方法。下面就带大家一起去看看夏日保养肌肤的误区都有哪些。

① 热衷轻薄护肤品：在夏天使用轻薄的护肤品能迅速彻底地被肌肤吸收，感觉很清

爽。但是，轻薄的护肤品，对于娇弱肌肤的营养和保护的力度明显不足。而且，长期使用轻薄的护肤品，很容易造成皮肤营养不良，或缺水导致皮肤干燥。

② 频繁使用卸妆油：每次卸妆必用卸妆油，看似是一个清洁彻底的好习惯，其实不然。为了减少对皮肤的不必要刺激，卸妆油还是应该只在妆较浓的时候才用为妙。

③ 爽肤水的使用：爽肤水不仅仅是二次清洁的附属产品，而是集多种功能于一身，能独当一面的护肤品。比如含有果酸和精纯维生素 C 的爽肤水，能让肌肤在不知不觉中白皙光滑。所以，在夏天爽肤水不是可用可不用的，而是必须要用的滋养品。

玉米蚌肉汤

每个女人都希望像花朵一样，在夏天尽情地绽放。但是，想要在烈日当头的夏天展现最美的自己，可不是件容易的事情。不过你也不用担心，因为，只要你能"邂逅"一份完美的夏日食谱，就能拥有绽放美丽的动力。

原料：

鲜玉米一根，蚌肉 60 克。

制作方法：

① 将鲜玉米去衣，留须，洗净切段；② 将蚌肉用清水清洗干净；③ 把玉米放入锅内，加清水适量，武火煮沸后，

文火煮 20 分钟，放入蚌肉，煮 30 分钟，调味即可。

养颜功效：

玉米含有大量的 β- 胡萝卜素、维生素 E，不仅可以美白肌肤，还可以增强机体的抗氧化功能，具有青春养颜的功效。

Tips 完美女人养颜经

夏季皮肤保养最重要的一点就是保持皮肤的清洁。经常洗浴，可以保持皮肤清洁和毛孔畅通，减少发病机会，避免过多的皮脂堵塞毛孔、过多的汗液和代谢废物刺激皮肤。

从此，干燥的秋季不再令人生厌

秋天是个复杂的季节，有人因为收获而感到愉快，有人却因为落叶而感到伤感。对于女人的肌肤来讲，秋天也是复杂的，因为，此时不仅要补水、保湿，还要排毒养颜。如果这些保养工作都做好了，女人的秋天就是充满幸福的。

秋季气候开始变得干燥，此时，女人的肌肤很容易就会因干燥、缺水出现暗沉、皱纹、小痘痘等问题。只有抓紧时间好好呵护自己的肌肤，才能让干燥的秋季不那么令人厌恶。

秋季养颜关键之排毒

在夏天因为骄阳和潮湿隐藏的肌肤问题，进入秋天之后就会慢慢显现出来。比如，肤色暗沉、干燥、色斑。此时，为肌肤排毒就是解决这些问题的最好办法。

① 主动咳嗽法：每天到室外清新的空气中做深呼吸，然后主动咳嗽就可以使气流从口、鼻中喷出，达到排毒的效果。

② 饮水排毒法：每天早上空腹喝一杯温开水，对于润肠通便有着很好的效果。

③ 运动排毒法：皮肤是排泄毒素的重要途径，所以，通过运动让自己出汗就能让毒素随着汗水排到体外。

④ 保持规律生活法：适量的运动、充足的睡眠以及良好的情绪对于身体排毒都有帮助。

秋季养颜贵在保湿

入秋之后，雨水就会变少，空气随之也会变得干燥。而干燥的气候，就会引起肌肤缺水，产生皱纹等问题。为了对付干燥的空气，除了要保持室内的温度及湿度以外，还应该为肌肤做好保湿功课。接下来就为大家介绍不同肤质的女性应该如何保湿。

① 干性肌肤保湿：早晚清洁时，不喷洒化妆水，只搽上保湿滋润型乳液。肌肤特别干的话，可以使用一些具有保湿功效的面膜。

② 混合型肌肤保湿：早晚洗脸后可擦清爽型的乳液。平时要多注意鼻子出油的现象。可先将 T 字部位的油分吸掉，再在干干的脸颊旁搽上保湿凝露。

③ 油性肌肤保湿：对油性肌肤来说，清洁是首要工作。先用吸油面纸将多余的油分吸掉，再喷洒矿泉水或化妆水，然后可以在干燥的地方，用保湿凝露轻点推匀。

④ 敏感型肌肤保湿：敏感型肌肤最好选择含有甘菊、天然保湿因子、芦荟等成分的保养品来维持皮肤所需水分。

养颜山药粥

接下来还会为大家带来一道适合在秋季食用的山药粥，让大家可以健康又美丽地度过秋天。

原料：

山药 100 克，莲子肉 50 克，葡萄干 50 克，冰糖 10 克

制作方法：

① 将山药去皮洗净切成小块，放到锅中加适量清水熬煮；② 当山药煮烂时，放入莲子肉、葡萄干以及冰糖，再用小火煮 5 分钟；③ 将熬好的粥搅拌均匀即可。

养颜功效：

山药和莲子肉都具有益脾气的作用，在秋季多食此粥，有很好的益气强志、养颜补血的功效。

秋季气候干燥，皮脂腺的油脂分泌减少，水分蒸发较快，脸部易出现紧绷的感觉，所以在秋季要重视肌肤角质层的保湿护理，除不使用含酒精的化妆水、保湿乳外，有些肤质还应经常用滋润乳液擦抹脸部，同时用化妆水擦拭额头、鼻翼、下巴等油脂分泌旺盛的部位。

冬季里的养颜经

随着冬季的到来，寒冷、干燥也接踵而至。此时，女性娇弱的肌肤要想健康、平安地度过冬天，可是一件很有难度的事情。但是不管难度有多大，你还是有办法让美丽容颜在寒冷冬天依旧绽放的。

冬季应该是女性朋友最不喜欢的季节，因为，冬季不仅有凛冽的寒风以及冰冷的空气，还有干涩、粗糙、过敏等一系列肌肤问题。在冬天之所以会有这么多肌肤问题，主要是因为冬季肌肤需要的呵护更全面，需要的营养也更丰富。

坚持用冷热水交替洗脸

使用冷热水交替洗脸对于降低脸部肌肤对低温的敏感有很大的帮助，在洗完脸之后最好能用一些含有油脂的护肤品对脸部进行按摩，对增强肌肤的血液循环，促进肌肤恢复弹性都有帮助。

蒸汽熏脸

用蒸汽熏脸不仅能为肌肤补充水分，还能清洁肌肤中的油垢。在用蒸汽熏脸的时候，把洗脸盆盛满开水，用毛巾遮住盆的四周，留空熏脸，每次约10分钟即可。

保证营养均衡

想要拥有好的肌肤，就要保证营养的摄入。在冬天要多吃一些鱼、肉、蛋、奶来为身体补充必要的营养。此外，还要多吃蔬菜水果，这样就能让营养既丰富又均衡。

使用油性护肤品

原本为油性肤质的人，因冬季皮脂分泌减少，同样可选用油性护肤品。油性护肤品可防止水分过多地蒸发，维护肌肤的湿润，使皮肤呈现丰盈润泽美。

在寒冷的冬季让脆弱的肌肤依然亮丽，就要通过饮食多为身体以及肌肤补充冬季所需的营养。接下来就为你介绍怎样才能更好地在冬季进补。

补充黑色食物

中医里五色五行的理论指出，黑色食物有补肾的功效，而靠黑色的食物来补肾正是"顺应天时"的最佳表现。因此，人们不妨在冬季多吃些黑米、黑豆、黑芝麻、黑木耳、乌鸡等食物。

补充维生素

冬季补充维生素，可以多吃萝卜、胡萝卜、辣椒、土豆、菠菜以及柑橘、苹果、香蕉等蔬菜和水果。此外，还可以增加动物肝脏、瘦肉、鲜鱼、蛋类、豆类等的摄入。

乌鸡汤

在寒冷的冬季美味养颜的食物无疑是女人度过冬天最大的动力，下面介绍的一道乌鸡汤，既能为你的冬天带来温暖，又能滋养肌肤。

原料：

乌鸡1只，霸王花100克，枸杞子20克，生姜3大片，食盐1茶匙。

制作方法：

① 将乌鸡如常法收拾干净，去头去脚洗净，放到沸水中余2分钟即可捞出沥干；② 将霸王花用清水浸泡90分钟，冲净后撕碎；③ 将所有食材放入砂锅中煮至沸腾，然后改用小火焖煮1小时。关火之前放入盐调味即可出锅。

养颜功效：

霸王花具有清热润肺、止咳化痰的功效，将其与滋补的乌鸡一起熬煮，可以益气补血、滋补肝肾。

Tips 完美女人养颜经

为了温暖地度过冬天，人们会把自己包裹在厚厚的衣服里。此时，露在外面的肌肤会比较少。但是，这时被包裹起来的肌肤会出现干燥、过敏等问题。所以，在冬季为让肌肤依然细致、滋润，就要为肌肤补充营养与水分。

重视生活点滴，把握美丽的脉动

睡足"美容觉"，做一个"睡美人"

英国诗人拜伦曾经说过："早睡早起最能使美丽的脸鲜艳，并减低胭脂的价值——至少几个冬天。"从这句话中我们可以清楚地看到睡好美容觉对女人的重要性。其实，有时候只要美美地睡上一觉，就能让美丽离你更近一点。

睡眠是机体自我保护的重要生理功能，好的睡眠对恢复体力、保证健康以及美容养颜都十分重要。晚上22：00～凌晨3：00的睡眠时间，被定义为"美容觉"时间。这段时间是人体内部调整的最好时间，也是新陈代谢进行最多的时间。所以，想要变漂亮的你一定要保证好这一时段的睡眠。

如今，越来越多的都市女性都出现了睡眠失调的问题，伴随睡眠问题出现的还有种种肌肤问题。如果你不想成为睡眠问题的受害者，如果你不想因为睡眠问题和漂亮、美丽越来越远，那么，从现在起就为打造健康、优质的睡眠努力吧！

创造好的睡眠环境

好的睡眠环境不仅要安静，还要有流通的空气以及适宜的温湿度。适宜睡眠的温度，一般以20～24℃为好，空气湿度在50%～60%为最佳。此外，无论室外的温度高低，睡觉之前都应该开窗换气。

通过饮食调节睡眠

我们经常看到这样的情况：有不少人在晚上大量食用咖啡、巧克力、可乐、茶等食品或饮料之后，主观上没有睡眠不良的感觉，但是实验证实，他们的深度睡眠会受到不良的影响。所以睡觉之前，不要食用这些东西。

保持情绪稳定

心情好，才有可能睡得香。过度思虑、生气、兴奋都会影响睡眠质量。所以，要保持良好的心态，睡前要身心放松，调节好心理，以助于高效睡眠。

睡前洗个澡

睡前沐浴会使体温自然升高，血液循环更加顺畅。血行速度和水压的促进，让全身的新陈代谢加快，使每一寸肌肤得到完全的放松，更易入眠，且更能使人在入睡时放松。所以每天晚上用热水洗个澡，对健康和睡眠都有益。

顺应生物钟

人体生物钟是为人体的健康作息提供隐性规律的。只有顺应生物钟，我们才能更好地作息，使工作时精力充沛，使休息时容易入眠。所以我们应该顺应生物钟的规律来进行睡眠，把睡眠时间安排在晚上22：00～凌晨6：00是最佳的。

Tips 完美女人养颜经

适当做一些家务，也能很好地提高睡眠质量。从一定意义上来讲，这是一种积极性的休息，使大脑皮质各个部位的兴奋与抑制及时转换。这样做远比下班后就睡大觉的消极性休息效果更好。

特殊的爱给特殊的时期

人们在称赞女人漂亮的时候，通常会将其比喻为花。是的，女人如花一样美丽，也像花一样脆弱易受伤害。特别是处在生理周期的女人，就更加脆弱，更加需要呵护。当女人处在生理周期的时候，如果没有好好保养肌肤，就会出现很多问题，如痘痘、色斑等。所以，为了让处在生理期的自己一样美丽动人，就需要女人在特殊时期多爱自己一点。

每当生理周期来临的时候，女人不仅会有全身乏力、腰酸背痛等身体上的毛病，还会有暗沉、痘痘、油光等肌肤问题的困扰。面对如此多的状况，如果没有周全又细致的照顾，那些问题可能会越变越糟糕。所以，为了让这个特殊的时期能够顺利、平安地度过，女性朋友就要做足功课。接下来就为你介绍爱美的女人在生理周期都需要做些什么。

调理内部

① 生理周期的时候，往往会食欲增加，胃口大开。千万不要吃辛辣刺激的食物，少吃零食，尤其不要吃油炸食品。不要喝咖啡，也不要吃生冷的食物。还要严格控制盐分的摄入，否则会使面部和全身

浮肿。建议多吃含 B 族维生素和富含镁元素的食物。

② 生理周期中适量的有氧运动，能让身体加快新陈代谢，减少毒素沉积，从而避免色斑的产生，并且运动能缓解你在生理期产生的烦躁情绪。

③ 生理周期中，身体内会流失许多血液，而在血液当中含丰富的血浆蛋白及铁、钾、镁等无机盐，也就是说，女人每经历一次月经就会流失一部分蛋白质和无机盐等营养素。所以，生理周期中最好帮自己补充一些蛋白质与无机盐。

④ 生理周期会引起一系列的容颜问题，比如你的皮肤、嘴唇会变得苍白、干燥，肌肤敏感、怕冷、眼睛干涩等。此时，若想获得明眸、朱唇、娇好的肌肤，就要注意多吃一些补血养颜的食物。如牛奶、鸡蛋、鸽蛋、鹌鹑蛋、牛肉、羊肉、猪胰、芡实、菠菜、樱桃、桂圆肉、荔枝肉、胡萝卜、苹果等。

⑤ 生理周期的时候御寒能力就会下降，此时如果受凉很容易就会引起疾病，像月经过少或突然停经等。所以，在

今天乃至以后的生理周期，你都要避免淋雨、趟水、用凉水冲脚；少食或不食冰冻食物、饮料等。

保养外部

① 生理周期内分泌的紊乱，会使皮脂腺活跃起来。此时面部、头皮都易出油，所以要做好清洁工作。要用温水每日清洗，保证清洁。

② 在生理周期，除了油脂分泌旺盛，肌肤还容易缺水。所以，要为身体深度补水。

③ 在生理周期，黑色素最容易沉积，如果不注意美白护理，就有可能产生暗疮和色斑。

Tips 完美女人养颜经

女性在生理周期除了要避免受寒外，也可以通过一些方法来温暖身体，比如泡脚就可以帮助身体保持温暖。

别让工作压力侵蚀你的美丽

如今，越来越多的女人把舞台从家庭转向职场。然而，女人们穿着整齐的套装，踏着精致的高跟鞋走入职场的那一刻，工作压力也无声无息地找上了她们。其实，不管是身体还是心理都注定了女人要比男人面对更大的压力，所以，如果女人不懂得如何排解压力，如何在压力下调整自己，很可能会因为压力影响生活、身体乃至美丽。

在职场中打拼的女人，必然有过人的智慧。但是，在你用聪明才智解决工作中的问题之后，也要拿出智慧应对工作中的压力。因为，如果不能很好地解决压力问题，不仅会影响你的情绪与健康，还很可能侵蚀你的美丽。工作压力会影响女人美丽的说法并非危言耸听，接下来就带你去看看工作压力是如何让你失去美丽容颜的以及如何应对。

痘痘

工作压力会影响血液中的皮质醇分泌，而皮质醇则会增加体内雄性激素的分泌，导致肌肤过量泛油，痘痘自然而然就会长出来。

黑眼圈

随着工作压力的增大，失眠状况会越来越严重。而睡眠不好就会造成血液循环和淋巴系统循环减缓，此时黑眼圈就会悄悄爬上你的脸。

缺乏光泽

因工作压力造成的神经焦虑会让血液循环变慢，肌肤细胞更新速度减缓。此外，还会产生大量自由基，而这些恰恰都会使肌肤缺乏光泽。

丢掉完美主义

工作中，有些人追求完美，这是一种上进的表现，但如果过于吹毛求疵，甚至什么事情都一竿子全揽，就完全没有必要了。

制定新的工作日程表

列出一份工作日程表，先将自己现时的所有工作项目和工作时间一一写明，然后考虑哪些可以完全放弃，或至少暂时放弃，哪些可交由他人或与他人合作完成，订出新的工作日程表。

学会适当拒绝

很多职场人士虽然表示自己不愿意承受"没完没了"的工作，但在上司给自己安排任务的时候，却从来没有试过甚至想过主动拒绝。大多数职场中人即便心里不乐意，也会接受上级的安排。

学会与人沟通

不善于与人沟通的人往往会在人际关系上碰壁，常此以往就会更加退缩，时间长了，没有人愿意和他们交往，这也是让他感到有"压力"的原因之一。

偷个小懒又何妨

如果生活只有"工作"一个主题，压力就会缠绕着你。所以有必要分散注意力，寻找工作以外的乐趣。例如中午打个盹，晚饭后步行半小时，入睡前十来分钟读读报纸杂志，都能调节情绪。心情愉快了，机体免疫力就能增强。

Tips 完美女人养颜经

身处职场的女性都应该掌握一些缓解压力的小方法，如感觉压力很重时深呼吸，也就是深深地吸一口气，闭气二三秒，再微微张开嘴巴，缓缓吐气，如此重复做几次，可使血液循环恢复正常，心跳减速，心情自然较为平静。

美丽俏佳人不能没有运动

美丽的女人离不开运动，就像活泼的小鱼离不开水一样。现在，越来越多的都市女性不仅把运动当作健身的方式，还把运动看做健康生活的一部分。在日常生活中，运动对于爱美的女人已经不单单意味着苗条、漂亮，还意味着健康、自然。

如今，紧张的生活、忙碌的工作都要求女人以最饱满的精神去迎接每一天。而要始终保持良好的精神状态，运动这个要素是不能忽视的。其实，不管是为了健康、美丽，还是为了让自己时刻都神采奕奕，女人都应该加入到运动的大军中来。

运动让女人美丽

"清水出芙蓉，天然去雕饰"的自然美是每个女人都向往的，可要拥有这样自然、健康的美丽，就需要多运动。因为，只有通过运动，才能更好的使全身血脉通、精力旺，皮肤焕发自然光泽，身体发出由内而外的质感美。

运动让女人快乐

在人脑中有一个叫VGF的基因，它在运动者的大脑中格外活跃，在无运动者的大脑中则不活跃。当VGF发挥作用时，会在大脑中产生强劲的抗抑郁反应，令人心情轻松，抑郁顿消。此外，当你运动的时候，脑内啡肽类物质分泌量会大量增加，如此一来，疼痛会被解除，精神会变愉悦，心情也会更加开朗。所以，只要运动起来，就"无缘无故"地快乐了。

运动让女人健康

规律而持续地运动能完善神经系统兴奋和抑制的调节能力，明显改善睡眠等。同时，运动还可促进钙在骨骼中的沉积，防止女性因雌激素水平下降而引起骨质疏松症。

运动为女人带来好处是显而易见的，但是，并不是所有运动都能让女人得到健康、快乐与美丽。所以，女人在运动之前一定要选择最适合自己的运动。接下来就为你介绍几种不错的运动。

① 滑冰：滑冰可以很好地锻炼身体协调能力，它可以使你的腿部肌肉更加结实而有弹性。此外，滑冰属于大运动量的运动，能提高你的肺活量。

② 骑自行车：骑自行车是最易于坚持的运动方式，它可以锻炼你的腿部关节和大腿肌肉，并且，对于膝关节和踝关节的锻炼也很有效果。

③ 骑马：骑马能够锻炼你的敏捷性与协调性，并且可以使你的全身肌肉都得到锻炼，尤其是腿部肌肉。

④ 打高尔夫：打高尔夫和散步是紧密结合在一起的。在你挥杆的时候，还有助于你身体的伸展。

⑤ 瑜伽：瑜伽的神奇在于它在塑造你外在形象的同时，还给你一种来源内心的力量。经过一段由内而外、由外而内的锻炼后，你会惊奇地发现心态已经变了个样子。你不会再为了减几公斤的体重而折磨自己，你会因为快乐而美丽，因为美丽而快乐。

⑥ 逛街也是一种维持身体健康的运动方式。不过要以

正确的走路姿势来逛街，穿上舒适的鞋，抬头挺胸，加快步速，要感受到自己的腿部正在用力。当然，你得克制住自己的购物欲，否则的话还是选择别的运动方式吧！

Tips 完美女人养颜经

　　女人在运动之后，一定要选择清爽浴液沐浴，因为运动时皮脂腺分泌更加旺盛，沐浴不仅可以洗去皮肤积存的污垢、促进血液循环，还能调节皮脂腺与汗腺功能，使毛孔畅通，皮肤更光滑，要洁肤、爽肤、再润肤，避免皮肤过早老化。

生气让女人离健康越来越远

　　女人喜欢抱怨男人不诚实，而男人则习惯抱怨女人爱生气。不可否认，男人的确喜欢撒谎，而女人也的确容易生气。不过，男人的谎话不管是善意还是恶意都让他们逍遥自在一阵，可女人的生气却只能让自己压抑、难过，甚至变丑。所以，想要活得漂亮、惬意，女人最好离生气远一点。

　　有人曾经说："生气就是拿别人的错误惩罚自己"，这句话用到爱生气的女人身上最合适。因为，女人在生气的时候不仅会对身体造成伤害，还有可能让自己不知不觉失去美丽容颜。这样说并不是吓唬爱生气的女性而是事实，接下来就带姐妹们去看看生气的危害到底有多大。

生气危害大脑

在你生气的时候，大脑中兴奋与抑制的节律就会被破坏，从而造成脑细胞衰老，大脑功能弱化。此外，生气还会让大量血液涌向大脑，使脑血管的压力增加，此时血液中含有的毒素最多，而氧气最少。因此，生气对脑细胞的伤害不亚于毒药。

生气危害心脏

每当你生气的时候，心跳会加快，心脏收缩会增强，血压会升高，血液黏稠度会变大，进而使得大量血液冲向大脑和面部。而且，生气还会使心脏本身的血液减少而造成心肌缺氧。

生气危害肌肤

人生气的时候，血液会大量涌向面部，这时候血液中的氧气就会减少、游离脂肪酸等毒素就会变多，而毒素会刺激毛囊，引起毛囊周围程度不等的炎症，进而引发色斑等肌肤问题。

生气危害胃部

人在生气的时候，脑细胞就会因为工作紊乱而引起交感神经兴奋，并直接作用于心脏和血管上，使得胃肠血液流量减少，胃肠蠕动减慢，食欲变差，胃液增加，严重时还会引起胃溃疡等疾病。

了解了生气对人体造成的种种伤害之后，相信聪明的女人都不敢轻易动气了。但是，女人大部分情况下都比较情绪化。所以，想要控制自己的脾气，按捺心中的怒火也不是一件容易的事情。由此可见，想要让自己尽量不生气还是需要掌握一些技巧的。

① 躲避刺激：在日常生活中有很多事可使人生气，如遇到这种情况要尽量躲开，或暂时回避一下，以免使矛盾激化。

② 暗示转移法：人的情绪往往只需要几秒钟、几分钟就可以平息下来。但如果不良情绪不能及时转移，就会更加强烈。

③ 意识控制法：在遇到较强的情绪刺激时应强迫自己冷静下来，迅速分析一下事情的前因后果，尽量使自己不陷入冲动、鲁莽、轻率的被动局面。

生气影响生理周期

一些女性平素性格内向、抑郁，有了不愉快的事情或有一些想法的时候，不能通过向他人倾诉、与他人沟通来排解、减轻压力。长期的压抑导致肝气郁结，经脉气机不利，经前出现周期性的乳房胀痛、头痛、失眠、情绪波动易激惹等，甚至出现闭经、崩漏或更年期提早到来。更有甚者可因肝气郁结，发生良、恶性肿瘤等严重后果。

Tips 完美女人养颜经

女人天生就爱生气，但是，很多时候生气不仅对解决事情没有任何帮助，还会让自己的身体受到危害。所以，女人在遇到不好的事情时，应该冷静的对待，不要胡乱生气。建议爱生气的女人在快要生气的时候换个环境，缓解一下怒气，或者是找人倾诉一下。

PART 3

逐一解决"问题"肌肤,
定格美丽

战"痘": 只要青春不要痘
祛斑: 拒绝瑕疵,力求完美
灭"纹": 岁月无痕,美丽自信
美白: 肤白如雪,气质如兰
扫"黑": 黑头光光,肌肤爽爽

战"痘"：只要青春不要痘

不要坐等痘痘自行痊愈

对于女人来说，青春时期的面孔应该是充满朝气与自信的。但是，可恶的痘痘总是无情地留下一些缺憾。在痘痘出现的那一刻，女人除了讨厌、叹息，还要拿出行动，千万不能坐等痘痘自行痊愈。

大多数女性皮肤长痘痘是因为体内阴阳气血不调造成了能诱发痘痘生长的热毒、痰、瘀这些东西。中医认为，肺经热盛，脾胃湿热，或者是不良情绪、内分泌失调导致血热毒盛，湿瘀颜面而成。现在多数都市人生活不规律，晚睡、熬夜现象简直是家常便饭，尤其

是夏季大排档更受青睐，不仅增加了胃肠的负担，也错过了保养的最佳时间。此外，随着生活节奏的加快和对高质量生活的追求，压力越来越大，自然而然使皮肤出现状况，特别是油性皮肤的女性，由于油脂分泌旺盛，堵塞了毛孔，滋生了大量痘痘。

痘痘出现在脸上时，有些人对着镜子又摸又挤，有些人则对它置之不理，殊不知这些做法对于痘痘的痊愈都是没有好处的。其实，最好的办法就是耐心保养。因为，如果保养不当，很容易造成肌肤永久的困扰与瑕疵。而要好好地保养有痘痘问题的肌肤，就要注意以下事项：

① 为了不让毛孔堵塞，不让痘痘有可乘之机，就要做好肌肤的清洁工作。每天早晚除了例行的洗脸外，在晚上洗脸之前，可先用卸妆乳液、乳霜或卸妆油进行肌肤毛孔的油脂溶解，然后再用洗面乳洗脸。

② 想不让毛孔堵塞，除了要加强洗脸的工作，还要每周加强去角质，这样才能彻底避免毛孔堵塞。

③ 做好了清洁工作之后，接下来要注意的就是滋养，提到滋养就不能不说面膜。其实，定期使用可治疗痘痘的面膜，不但可以抑制痘痘的恶化，也能让毛孔更加细致。

④ 要给肌肤全面的滋养，选择护肤品十分重要。对于有痘痘问题的肌肤，在选择护肤品的时候，最好以低油脂或无油脂的凝露或清爽的乳液为主。除此之外，还要加强保湿工作，以避免脸部因干燥而引起油脂的分泌更旺盛。

⑤ 对于脸部有发炎状况的痘痘，要加强具有抗炎、抗过敏功效的B族维生素食物的摄入。

⑥ 想要让痘痘远离你，就要保持规律正常的作息，勿熬夜，勿抽烟喝酒；养成每天固定排便的习惯，以避免毒素沉积。

⑦ 如果有条件，每周进行一次泡澡，促进全身的血液循环，加速身体毒素的排除，也可以有效预防痘痘的出现。

⑧ 运动也是十分有效的一种方法。因为，在你进行运动的时候，身体会出汗，肌肤中的脏东西就会被排出来，这样痘痘也就不容易出现了。

⑨ 油性的肌肤最容易长出痘痘，而要让肌肤清爽不油腻，除了要做好清洁外，还要多吃蔬菜与水果。

个人的卫生习惯，决定了青春痘在脸上停留的时间。如果青春痘长在下颚和嘴周，请不要穿有衣领的衣服，衣领是藏污纳垢的地方，极容易因和下颚的不断磨擦而使"灾情"加重。另外，应常常保持将头发梳在耳后，以免头发上的灰尘和油污恶化感染青春痘。

小痘痘也有大问题

当痘痘出现在脸上的时候，女人最关心的莫过于对美丽容颜的影响程度。其实，小痘痘的出现带给女人的绝不只是面子问题，还有健康问题。实际上，痘痘占领女人脸上的某个部位时，代表着身体上相应的某个部位也出了问题。所以，千万不要小看脸上的痘痘。

痘痘是危害肌肤黑名单上的重要分子，所以，女人对痘痘从来都是严防死守。但是，痘痘总是防不胜防，不一定什么时候、什么原因就出现在你的脸上了。当它出现的时候，你要做的不仅仅是想着如何把它赶走，还要查清楚是否身体出现了什么问题。因为，在你脸上不同部位出现的痘痘，都可能代表着身体某个部位出现了问题。所以，你应该先解决相应的问题。当你把身体的问题解决了，痘痘自己也就跟着消失了。

额头长痘痘

当你额头出现痘痘的时候，很可能是因为压力过大，导致肝气郁结、血液循环出现问题。对于这种原因形成的痘痘，就要养成早睡早起的好习惯，保持睡眠时间充足，还要多喝开水。

左边脸颊长痘痘

左边脸颊长痘痘，一般是肝脏不能舒畅运行引起的。如肝脏的分泌、解毒或者造血等功能出现了问题。如果因此而发痘痘，就要维持正常的作息和快乐的心情，并且不让身体处于闷热状况。

右边脸颊长痘痘

当痘痘出现在你右边的脸颊时，说明你的肺部功能可能出现了问题，进而引起手脚冰凉。此时，你应该多注意呼吸道的保养，避免吃芒果、芋头、海鲜等易引起过敏的食物。

鼻翼长痘痘

在鼻翼上突然出现痘痘，一般都代表身体的内分泌出现了问题。此时，你最好不要过度劳累，尽量多进行一些户外活动。

嘴唇周围长痘痘

在嘴唇的四周出现痘痘，一般都是便秘问题，便秘导致体内的毒素累积，或者是使用了含有过量氟的牙膏。此时，最好能多吃含高纤维的蔬菜、水果，保证良好的饮食习惯，或者是刷牙时要用清水彻底漱口。

鼻子长痘痘

在你的鼻子上如果出现了痘痘，表明你的胃火可能较重，或者你的消化系统出现了问题。此时，你也要少吃冰冷食物，因为寒性的食物容易引起胃酸分泌，进而造成胃火过大。

发际长痘痘

在发际长痘痘很可能是你卸妆不够干净，造成毛孔阻塞而形成痘痘问题。此时，你就要加强卸妆和清洁的工作。此外，最好每周做一次去角质护理，以维持皮脂分泌的顺畅。

Tips 完美女人养颜经

面对顽固的痘痘，要保持舒畅的心情，仰起头看天空，阳光也是"杀菌"的良方，或许你应该庆幸痘痘的来临，因为它在提醒自己——是不是压抑太久了？精神过于紧张了？所以，你要赶快让精神放松下来，好好地舒缓心情，保持愉悦的状态。

别让误区影响你"战痘"

女人在和痘痘的战争中，有着五花八门、各种各样的方法。但是，这些方法很多时候对除痘却没有什么帮助。为什么会出现这样的情况呢？其实，最主要的原因还是对痘痘的认识不够，以致除痘的时候出现众多误区。所以，要想有效"战痘"，就不能走进误区。

女人在"防痘"、"战痘"中投入了大量的精力，但很多时候还是会在脸上发现痘痘的踪迹。喜欢较真的女人一定会在心里发问，这究竟是为什么呢？其实，造成女人与痘痘之间这种无休止拉锯战的原因，就是对痘痘的错误认识。很多女人在看到脸上的痘痘时就会抓狂，而这样的状态往往会促使女人盲目地祛痘，不知不觉地走入对痘痘的种种误区之中。由此可见，想要彻底打败痘痘就要认清除痘中的误区。接下来就一起看看是哪些误区让痘痘在我们的脸上嚣张。

误区一：榨干痘痘的水分

在我们的肌肤细胞中都含有水分，如果肌肤的水分流失了，肌肤细胞的水分自然也会流失，引起肌肤细胞排列发生变化，进而增加细菌进入毛孔的机会，使肌肤收缩、紧绷，出现干燥问题。而肌肤的干燥不仅不能阻止痘痘的发生，还会让肌肤出现其他问题。

误区二：过度使用肥皂或洗面奶洁面

人们普遍认为脸上出现痘痘就是肌肤中存在污垢，而为了去除污垢就会过分地使用肥皂或洗面奶清洁皮肤。但事实上，过度清洁会导致皮肤过敏或者水分流失，这都不能起到预防痘痘的作用。此外，肥皂所含使肥皂保持固态的化学物质还会造成毛孔堵塞，从而导致痘痘的爆发。其实，使用成分温和的洗面奶，并温柔地呵护肌肤才是防止痘痘的好方法。

误区三：一蹴而就地消灭痘痘

当痘痘出现在脸上的时候，大部分人都希望能通过有效的方法将其一次性解决。但是，一旦你发现自己脸上又出现了痘痘，就说明你不能一次性"战痘"成功。因为，大部分的痘痘，都是在肌肤底层潜伏了2～3个星期才出现在脸上的。这说明，毛孔需要一段时间才能让痘痘发育成功。所以说，假如你想一次就把痘痘的问题解决掉，那你注定不能彻底治愈痘痘。

误区四：去角质有助祛痘

在毛囊中，油脂和角质有着盘根错节的关系，所以，即使通过去角质去除了表面的污垢，从皮脂腺分泌出来的油脂还是会很快又和毛囊内深层的角质结合，从而使痘痘再度形成。因此，不要为去除痘痘就频繁地去角质，这样反而会对肌肤造成伤害。

误区五：长痘是青春的表现

青春容易长痘，但是长痘不等于青春。难道"四十一枝花"时长痘，也算是回复青春吗？其实，不当的保养，过油的护肤品，高脂、高盐的食物或某些治疗（如服用药物），都有可能引起痘痘。

Tips 完美女人养颜经

痘痘也要防晒吗？很多人认为涂防晒霜容易堵塞毛孔，就不敢在痘痘上用防晒霜。其实长了痘痘的肌肤，更要注意防晒！因为紫外线也是使痘痘恶化的因素之一，积极的防晒也是改善痘痘的窍门。

去除痘印，我有我法

当女人和痘痘的战争结束之后，可恶的痘痘还会在女人的脸上留下痘痕。而深红或者浅红的痘痕，不仅让女性的肌肤不能白皙、光滑，还让女人的心理留下阴影。由此可见，除痘之后去除痘痕的行动也很重要。

想做一个拥有白皙、红润、光泽肌肤的美女，可不是件容易的事情。因为，这样的美女不仅要和痘痘作战，还要和痘痘消失以后留下的痘痕抗争。而和痘痕抗争的道路和抗痘比起来一点都不简单。不过想要拥有完美肌肤的你也不用过多担心，接下来就为你介绍几种消除痘痕的好方法。

好的生活习惯帮你去除痘痕

在日常生活中，好的习惯对于女人养颜护肤起着很重要的作用。所以，想要将痘痕从脸上彻底赶走，一定要养成好的生活习惯。可以帮助我们消除痘痕的习惯包括：

① 切忌熬夜，因为熬夜是肌肤最大的天敌。

② 洁面的时候，要彻底洗净，不要有残留的化妆品。

③ 不可以用手挤痘痘，应该让痘痘自己脱落，这样不易留痕。

④ 护肤品不要乱用，最好根据自己的肤质选择同系列的产品。

⑤ 有痘的人睡觉一定要把刘海给夹起来，这样不易造成前额生疮。

⑥ 尽量少吃辛辣、油炸等刺激肌肤的食物。

面膜帮你去除痘痕

想让痘痕在脸上彻底消失，一款适合的面膜就可以做到。下面就为你介绍一款DIY祛痘痕面膜，让它为你去除痘痕出一份力。

113

① 红酒蜂蜜面膜

原料：

红酒 1 小杯，蜂蜜 2 茶匙

制作使用方法：

在 1 小杯红酒中加入 2 茶匙蜂蜜调至浓稠的状态后，均匀地敷在脸上，八分干之后，用温水冲洗干净。

② 珍珠粉酸奶面膜

原料：

酸奶 30 毫升，珍珠粉 10 克。

制作使用方法：

将酸奶和珍珠粉搅拌均匀，然后涂在有痘印的地方，待 20 ～ 30 分钟之后用清水洗净即可。

美食帮祛痘痕

食物和痘痕之间有着微妙的关系，当你吃错食物的时候，痘痕会出来惩罚你。当你吃对食物的时候，它就会乖乖地从你脸上消失。下面就看看哪些是能让痘痕消失的食物吧。

① 富含维生素 A 的食物能够促进上皮细胞增生，对于消除痘痕很有帮助。胡萝卜、菠菜、牛奶、动物肝脏等都是富含维生素 A 的食物。

② 富含维生素 B_2 的食物能够保持人体激素平衡，对皮肤有保护作用。奶类、蛋类和绿叶蔬菜等都是富含维生素 B_2 的食物。

③ 富含锌的食物也对消除痘痕很有帮助，牡蛎、动物肝脏、瘦肉、奶类、蛋类等都是富含锌的食物。

Tips 完美女人养颜经

有两个淡化痘痕的小办法不妨一试：① 用维生素 E。晚上睡觉的时候把维生素 E 涂在脸上，第二天早晨洗去即可，坚持几天，痘痕一般会明显减轻。② 用生姜片。把生姜片贴在脸上 15 ～ 20 分钟后洗去，坚持几次，痘痕也会减轻的。

祛斑：拒绝瑕疵，力求完美

脸上为什么出现斑斑点点？

在脸上长着斑斑点点的女人看到拥有白皙肌肤的女人时，一定会抱怨上天的不公平。但事实上，上天并没有不公。因为，让色斑出现在女人脸上的不是别人，而是自己平时的一些不良习惯。

斑是受外部和内部因素影响形成的。外因主要是紫外线过度照射，不良的清洁习惯导致的。内因就是激素分泌失调，如果女性激素失调时，就会刺激麦拉宁细胞的分泌而形成不均匀的斑点；此外，精神压力大，会破坏人体内的新陈代谢，以致不能给皮肤提供充足的养分，色素细胞就会变得很活跃，导致色素加剧，继而形成斑点。

一些过度喝咖啡的人也会因失眠，精神上的不安使黑色素沉着，常吃酸性食物容易使血液循环减弱，影响新陈代谢，造成色素沉着。

其实，想要远离色斑拥有完美肌肤，一定要知道是哪些因素让色斑形成的。然后努

力和这些引起色斑的原因说再见，之后才能和色斑彻底拜拜。

接下来就为大家介绍哪些因素会引发色斑。

紫外线

紫外线会引起黑色素细胞的增殖以及肌肤色素沉着的增多。所以，不想让色斑出现在脸上的女性，就要离紫外线远一点。

不合理的饮食

在我们的饮食中如果长期缺乏谷光甘肽，就会导致肌肤内酪氨酸酶活性增加，进而使酪氨酸酶氧化成多巴素，形成黑色素，引发色斑。由此可见，多吃一些含谷光甘肽的食物，会帮你远离色斑。

肝脏问题

中医认为，肝脏的功能就是储藏和调节全身血液，疏通气机，使气血流畅。如果肝脏出现问题，很可能会引起肾上腺激素增加，进而刺激黑色细胞产生大量的黑色素形成色斑。所以，好好呵护肝脏，就可以有效避免色斑的出现。

压力

现在很多女性生活、工作越来越紧张，作息越来越没有规律，从而引发免疫力下降、内分失调、体内自由基活化，进而引起黑色素分泌异常，导致色斑形成。所以，减压对于预防色斑形成是个不错的途径。

环境污染

环境的污染会导致肌肤内的细胞自然分泌出一种叫做花生四烯酸的物质来进行自我保护。而这种花生四烯酸在一定程度上会激活酪氨酸酶并加速黑色素的形成。所以，想要减少色斑发生的可能性，就要少在环境恶劣的地方活动。

电脑辐射

电脑产生的辐射对肌肤的伤害很大。每天在电脑前工作6个小时以上，长期这样工作下去，会造成肌肤免疫力降低，从而变得黯黄无光泽，致使色素沉着，引起色斑产生。想要远离色斑的女性，一定要采取有效措施减轻电脑辐射对肌肤的伤害。

肌肤的微生态失衡

肌肤表面的正常菌群发生改变，就会导致肌肤的抵抗力降低，以及细菌之间的竞争性抑制作用和干扰现象减弱，从而引起产色素微球菌大量繁殖并沉积在表皮内，使皮肤颜色加深。所以，想要预防色斑，就要通过调理让肌肤表面的微生态保持平衡。

Tips 完美女人养颜经

随着"环保，快乐"的观念深入人心，越来越多的姐妹喜欢自己DIY制作祛斑产品，自己研究美容保养的方法。自己采用一些天然的原材料来制作祛斑面膜也很环保，美容产品再怎么高档，多少会含点化学成分。

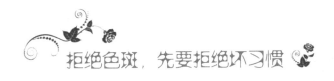

拒绝色斑，先要拒绝坏习惯

好的生活源自好的习惯，好的肌肤也离不开好习惯。其实，色斑等很多肌肤问题都是因为不良的习惯才出现在女性脸上的。所以，要拒绝色斑出现在脸上，一定要先改掉引起色斑的种种不良习惯。

在人们的印象中，色斑是到了一定年龄、经过了一定阶段之后才出现在女人脸上的。但是，现在不管是花季少女还是妙龄女郎，脸上都能寻到色斑的身影。大家一定都很好奇，是什么原因让色斑如此着急地到女人脸上找麻烦的？其实，色斑之所以会不分年龄、不分人群地出现在很多女人的脸上，主要都是不好的生活习惯造成的。所以，想要让色斑不找麻烦，或者少找麻烦，就要改掉不良的生活习惯。

防晒工作不到位

肌肤之所以会出现色斑，很大一部分原因是防晒工作做得不到位。尤其是在夏季，强烈的紫外线会激活黑色素母细胞，形成酪氨酸酶，随着新细胞的不断更新推移到肌肤表面，常此以往色素沉着就会形成斑点。

美白过度

毋庸置疑，白皙的肌肤会让女人看起来更加漂亮。但是，不为人知的是过度的美白会对肌肤造成伤害，增加肌肤上长色斑的机会。很多女性为了变白，频繁地做磨砂使得肌肤的表皮角质层脱离，进而让肌肤对光敏感，使肌肤在被太阳晒过之后起红疹，出现色素沉着，产生色斑。

内分泌失调

内分泌失调也是女性产生色斑的一个重要原因，经期和妊娠期的体内性激素水平的变化，可以影响黑色素的产生。另外，内分泌不稳定时通常引起情绪不稳定，也会间接引起色斑形成。

不爱运动

肌肤是我们身体最大的器官，肌肤细胞有呼吸以及排泄的功能。当我们在进行运动的时候，就会让身体中的脏东西随着汗水一起排出，这样身体存在的毒素就会减少，肌肤因毒素引起的色斑就不会出现了。

使用清洁剂不当

在生活中，很多日用品都会对肌肤造成伤害，如洗衣粉、洗洁精、洁厕液、漂白剂这些清洁剂。当女性朋友长时间接触这些清洁剂后，就会让斑点悄悄地爬到脸上。所以，在日常清洁居家环境的时候一定带上手套，避免肌肤和清洁剂接触。

经常化浓妆

有些女性经常使用含铅、汞等化学金属成分多或者添加香料的化妆品，很容易引起皮肤的黑色素沉着。肌肤长时间被浓厚的化妆品覆盖，得不到很好的呼吸，卸妆不干净，化妆品中的色素和有害物质残留在皮肤表面甚至渗入皮肤，都会引起色斑等肌肤问题的出现。

常吃"垃圾"食物

让我们体内沉积大量毒素的食物包括：油炸薯片、碳酸饮料、麻辣火锅等，而很多女性偏偏就喜欢这类对肌肤危害极大的食品。殊不知在将这些食物吃进肚里的同时，身体会负担过重，你的肌肤会出现痘痘、色斑等一系列问题。

Tips　完美女人养颜经

绿豆和红豆都是具有不错的祛斑功效的食物。绿豆有清热解毒、利尿消肿、去面斑等功效。红豆也可以解毒排脓、清热祛湿、通利血脉。所以，想要祛斑的女性可以多吃一些绿豆和红豆。

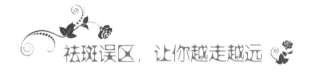

祛斑误区，让你越走越远

随着女人年龄的增长，面临的肌肤问题也越来越多。在众多肌肤问题中，色斑又是最让女人感到头痛的问题之一。其实，女人要想让色斑问题离自己远一点，就不能让自己走入祛斑的误区。

当女人的年龄越来越大，脸上的暗沉越来越多，色斑问题就会越来越突出。可是，不管女人的年龄如何变化，想要拥有婴儿般白皙、细嫩肌肤的心却始终没有变化。于是，对越来越多的化妆品、祛斑产品寄予厚望。但是，很多女人脸上的色斑、暗沉却没有因为用了更多保养品而有任何改善。这究竟是怎么回事呢？因为，女性在祛斑的时候走入了误区。

误区之一：色斑出现时，盲目祛斑

大部分女性在脸上刚刚出现色斑的时候，情况还不是特别严重，也就不会特别在意。有些女性还在非专业人士的指导下，胡乱使用祛斑产品。这样往往使色斑越来越严重，今后的治疗越来越困难。其实，当脸上刚刚出现色斑的时候，如果能进行合理、有效的治疗，就能轻松地将色斑从脸上赶走。所以，如果你脸上刚刚出现色斑，千万不能掉以轻心。

误区之二：不根据肤质治疗色斑

肌肤一般分为敏感型肌肤、干性肌肤、油性肌肤、中性肌肤、混合型肌肤五种，也就是说每一种肌肤产生色斑的原因以及治疗应该都是不同的。但是，很多女性在说到如何根据自己的肤质，对色斑进行不同治疗的时候都是一脸茫然。有些祛斑护肤品油性肌肤的人在用，干性肌肤的人在用，更有甚者敏感型肌肤的人也在用，这样就经常出现严重的皮肤过敏现象，造成色斑复发加重，所以祛斑一定要分肤质才能达到最好的效果。

误区之三：只计"效果"，不计"后果"

很多女性在长了色斑之后，都急切地希望脸上的斑点能尽快消失，白皙、润泽的肌肤能很快恢复。但是，这种急功近利的心情，往往让大家只关注祛斑"效果"，而忽略了祛斑的"后果"。这样的做法到最后很可能不仅祛斑不成，还让肌肤受到严重损害，自身免疫力大大减弱，经太阳一晒，很容易转化为晒斑、真皮斑等更顽固的色斑。

误区之四：认为色斑不可治

有些女性在和色斑进行了长时间的斗争后，已经对治愈色斑失去了信心。但事实上，色斑完全是可以治愈的，只要针对肤质类型，根据斑点产生的不同原因，提出针对性的祛斑方案，就能达到美白、祛斑效果。所以，不管怎样，女性朋友都不能对祛斑没有信心，任由色斑发展而不管不顾。

Tips 完美女人养颜经

合理的饮食也能将色斑从女人的脸上赶走，下面就为大家准备了一份营养又健康的祛斑食谱：当归黑豆老鸡汤。

原料：

黑豆 100 克，老母鸡 500 克，当归 50 克，大枣 50 克，姜 1 块，盐适量。

制作方法：

①把黑豆放入锅中煮至裂开后用水洗净，沥干水备用；②当归、红枣和生姜用水洗净切片备用；③把老母鸡处理干净备用；④锅内盛水，用猛火煲滚后放入全部材料，待水再滚；⑤最后用中火煲3小时，然后以细盐调味即可。

如果说保持美丽是女人一生中最重要的事业，那么，面膜就是女人追求美丽事业中最好的帮手之一。的确，不管女人遇到怎样的肌肤问题，一款滋养的面膜都能帮女人最快、最直接地解决。所以，当你的肌肤出现斑点的时候，你大可以 DIY 一款面膜，轻轻松松地将斑点去除。

如今，各种各样的面膜层出不穷，有专门美白的，还有针对痘痘的，而今天要为大家介绍的就是专门祛斑的。如果你的脸上已经出现恼人的斑点了，就赶快到这来学习如何 DIY 面膜吧！

黄瓜蛋清面膜

原料：

　　黄瓜1根，蛋清1个，珍珠粉2茶匙，面粉适量。

制作方法：

　　将黄瓜榨汁后倒入小碗，然后放入蛋清、珍珠粉、适量面粉调成糊即可。

祛斑功效：

　　黄瓜能有效地促进机体的新陈代谢，促进血液循环，增强皮肤的氧化还原功能。蛋清可以收紧皮肤使皮肤细腻白皙，珍珠粉则有很好的祛斑美白功效。将三者搭配在一起，就可达到美白、滋润、祛斑的三重功效。

白芷面膜

原料：

　　食盐5克，白芷15克，菊花10克，白醋10毫升。

制作方法：

　　将白芷与菊花研成粉末，再将食盐、白芷与菊花末与白醋调成糊状即可。

祛斑功效：

　　食盐有消炎清洁皮肤的功效，白芷可以活血化瘀，祛斑美白，菊花也能很好地消炎美容，白醋则可以淡斑。将它们搭配在一起就可以较好地祛除面部各种色斑。

橄榄油面膜

原料：

　　橄榄油50毫升，蜂蜜25毫升。

制作方法：

　　将橄榄油放入耐热的容器中，然后再将其放入40℃左右的温水中，隔水加热至37℃左右，再放入蜂蜜搅拌均匀即可。

祛斑功效：

　　橄榄油富含维生素A，同蜂蜜的多种氨基酸配合，可以起到显著的抗皮肤衰老和祛斑润肤的作用。

香蕉牛奶面膜

原料：

　　香蕉半根，牛奶50毫升。

制作方法：

　　将香蕉捣成泥，然后将牛奶放入搅拌均匀即可。

祛斑功效：

　　香蕉富含蛋白质、淀粉质、维生素及矿物质，特别是它含有丰富的钾，其对肌肤有很好的清洁与滋养修护功效。牛奶则具有促进细胞新陈代谢，使皮肤光彩照人的效果。将两者搭配在一起可以有效淡化晒后形成的色素沉着，使肌肤恢复润泽亮白。

红酒蜂蜜面膜

原料：

　　红酒1小杯，蜂蜜2茶匙。

制作方法：

　　将红酒和蜂蜜倒在小容器中调至浓稠状。

祛斑功效：

　　红酒的葡萄果肉中含有超强抗氧化剂，令肌肤恢复美白光泽。蜂蜜的保湿与滋养功能则会让皮肤变得滋润光滑。两者合起来，就能达到很好地滋润肌肤的作用。

Tips 完美女人养颜经

如果说少女时代脸上的小雀斑还算是可爱的标志，那么对于成熟女性，那些斑斑点点却成为了美颜的大敌！那么，不要再抱怨了，来，现在就动手自己做面膜吧！不过我们要清楚，不管是多么有效的面膜，祛斑都不可能一蹴而就，要循序渐进，不可心急。

四步按摩法，驱走面部色斑

如今，自然、健康的美容理念越来越被大家推崇，而按摩又是比较自然、健康的方法，越来越多的女人都开始采用按摩的方式进行美容。在祛除色斑的众多方式中，按摩应该说是最直接和安全的。所以，想要祛斑的女性朋友，不妨试一试。

当女人体内的气血运行不好的时候就会在面部出现色斑，此时，想要让色斑消失，按摩活血就是不错的选择。而要想通过按摩来消除色斑也很简单，因为，只需在出现色斑的肌肤上进行按摩，就能达到局部活血散瘀的效果，让色斑处的表皮与真皮间聚集的黑色素松动，进而向外扩散，起到淡斑、祛斑的效果。

通过按摩让色斑变淡、消失的方法虽然不是很难，但是，如果能掌握一定的手法对于驱赶面部色斑还是很有帮助的。

接下来就为大家介绍 4 种活血按摩的方法。

祛斑指揉法

将拇指指腹在点按位置上，画圆圈转动，用力轻柔缓和，每分钟 50 ～ 60 圈（次），动作协调有节奏，作用部位为表皮与真皮之间，在每一个点按位置上做半分钟左右时间，目的是让按压后的色素在小范围松动。

祛斑指按法

将大拇指伸直，其余四指握起，用拇指指腹压斑面中心，按压方向要垂直，用力由轻到重，稳而持续，使刺激充分透达表皮与真皮之间，忌猛然发力及发力后摇动。按压点由中心向外扩展，达到斑的边缘。

祛斑掌摩法

用两手掌心对擦，产生热量，将掌面放在整个斑面上，做环行而有节奏的摩动，顺、逆时针均可，频率每分钟 50 ～ 60 次，将已局部扩散的色素向更广泛的范围扩散，有利于快速吸收。

祛斑指抹法

将拇指侧部和食指端部，在点按的部位，由内向外做直线移动，压力应均衡，抹动速度宜缓慢，操作时用力要轻而不浮，重而不滞，动作要协调，将揉松动的黑色素向四周扩散。

面部按摩须注意

按摩前一定要彻底清洁肌肤，最好在每日清晨洁面后或睡前洗浴后进行。双手应保持清洁、温暖，指甲要修剪整齐，不要佩戴任何装饰品，以免刮伤自己的皮肤。

同时还应注意按摩手法的训练，按摩手法应以轻柔为好，按摩时间也不要过长，以免皮肤过度疲劳而起到适得其反的结果。一般来说，中性皮肤的按摩时间为 10 分钟左右。干性皮肤的按摩时间一般为 10 ～ 15 分钟。油性皮肤的按摩时间应控制在 10 分钟之内。过敏性皮肤则最好不要做按摩。

按摩不是在皮肤上随便搓搓擦擦，而是用柔软的指腹在皮肤上轻轻打旋，可以借助于按摩膏。它能使手指润滑，能使动作既发挥按摩功能，又避免手指和皮肤的摩擦造成对皮肤的伤害。不过请记住按摩后要将按摩膏洗掉。按摩时，还要注意顺序，用力要由轻到重，再逐渐减轻而结束，并尽量顺着血液和淋巴液回流的方向。

最后要记住，按摩要持之以恒，坚持下来才能看到令你欣喜的效果。

Tips 完美女人养颜经

大家在通过按摩方法祛除色斑的时候，有些问题还要注意。如用手掌或者手指按摩的时候最好是有韵律地沿着肌肤脉络进行适度按摩，每次按摩不要超过 5 分钟，按摩的动作要轻快温柔。

灭"纹"：岁月无痕，美丽自信

皱纹为什么悄悄地爬上了你的脸？

在岁月悄悄从身边流走的时候，皱纹也不知不觉地爬上了女人的脸。如果当皱纹已经出现在了脸上的时候，才开始注意修复、保养，可能就为时已晚了。所以，在日常生活中不管是亮丽的年轻女性，还是成熟的女士，都应该及时关注自己的肌肤状态，不要让皱纹轻易地侵占你美丽的脸。

"春欲晏卧早起，夏及秋欲侵夜乃卧、早起，冬欲早卧而晏起"。早睡早起，保证充足的睡眠也是防止皱纹出现的一个有效途径。因为，女人一旦睡眠不足就会导致肌肤干燥缺水、色素沉着，眼袋、黑眼圈就会缠上你，这时不得不用厚厚的粉底来遮盖，尤其是眼周的皮肤。由于眼周的肌肤脂肪含量较少，眼皮又是人体最脆弱的皮肤，每当你笑时，就易产生皱纹。女性一到了30岁左右，眼部就开始出现细纹，在不经意间也就暴露了你的年龄。

我们虽然无法真正和皱纹说再见，却可以让皱纹晚些到自己的脸上"报到"。那么，如何才能让皱纹晚些出现在女人的脸上呢？很简单，首先就是要了解皱纹出现的原因。然后，对症下药、有效地将皱纹拒之门外。下面就来看看哪些原因让皱纹悄悄爬上女人的脸。

肌肤缺水

当女人肌肤的含水量低于10%的时候，肌肤就会呈现干燥状态，显得粗糙松弛，时间久了就会出现皱纹。

睡眠不足

长时间睡眠不足，会让肌肤的调节能力受损，导致女人容颜憔悴，容易衰老起皱纹。

过度暴晒

当肌肤长期在太阳下暴晒的时候，就会使得面部、颈部、手部的肌肤变干、变薄，从而失去弹性，造成弹力纤维和胶原纤维失去正常的功能，让肌肤逐渐出现皱纹。

洗脸水温过高

在我们洗脸的时候，水温在30℃左右是比较适合的。如果水温过高的话，肌肤的皮脂和水分就会被热气所吸收，从而使肌肤变干，时间久了脸部就会出现皱纹。

营养不良

当身体的营养状况不好的时候，肌肤的营养供应也会不足，这样就会造成皮下组织营养匮乏，使肌肤过早出现皱纹。

使用化妆品不当

当女人使用化妆品不当的时候，就会让化妆品破坏肌肤的质地，让肌肤出现皱纹。此外，过多扑粉也会使面部出现细密的小皱纹。

不良习惯

过度的抽烟、饮酒都会加速肌肤老化，使肌肤过早出现皱纹。

吃过多盐

吃盐过多，体内钠离子增加，就会导致面部细胞失水，从而造成皮肤老化，时间长了就会使皱纹增多。

Tips 完美女人养颜经

要想防皱去皱，有些食物是吃不得或要少吃的，以下几种食物会增加皱纹的产生：罐头食品、香肠、沙拉酱、冷冻太久的食品、干贝、虾米干、冷冻虾球、蛋糕、速食面、油炸食物等，这些都是容易让你长皱纹的食物。

阻击皱纹最佳攻略

对女人来说，好的肌肤就像好的衣服一样重要，衣服出现褶皱就会不美观，肌肤出现皱纹也会不漂亮。所以，想要始终保持年轻富有活力的肌肤，就要有效地阻击皱纹，不让皱纹轻易地到脸上来捣乱。

对皱纹女人应该做的不是在它出现之后给它以打击，而是应该在皱纹出现之前，未雨绸缪地将其扼杀在萌芽状态中。下面就为大家介绍阻击皱纹的最佳攻略。

攻略一：阻击眼部皱纹

补水是防止眼周围出现皱纹的最佳方式，当你的眼部肌肤"喝饱"之后，不仅会水嫩嫩，还会充满弹性与光泽。使用眼膜或黄瓜、西瓜皮等敷眼，对于眼部补水有着很好的功效。此外，养成使用眼霜的习惯也能有效地滋养眼部肌肤。

攻略二：阻击颈部皱纹

对于颈部皱纹最简单的办法就是每天在颈部使用护肤品进行呵护。像颈霜或高质量的日霜、晚霜以及其他紧致产品都能让颈部肌肤更加润滑、细致，加强肌肤新陈代谢。在使用护肤品护理颈部的时候，力度一定要轻柔，避免颈部皮肤受到伤害。

攻略三：阻击肘部、膝盖皱纹

在为肘部、膝盖的肌肤进行保养的时候，可以用自制的面膜。自制面膜的方法为：

① 先打一个鸡蛋，往鸡蛋清里面撒上一些盐，再用一块热毛巾将肘、膝部仔细地包裹好，直到肘部皮肤发红且潮湿方可解开。

② 之后用加入盐的鸡蛋清轻轻按摩肘、膝部，一方面可以去除肘、膝部的死皮，另一方面还能增强血液循环。

③ 15～20分钟后，用温水将肘部清洗干净，然后涂上润肤水。不等润肤水干透，即搽上润肤霜。

攻略四：阻击臀部肌肤皱纹

想让臀部肌肤紧致、没有皱纹最好的方法，就是运动加按摩。

① 运动：找来一把椅子，扶着椅背，一脚站直，另一只脚在空中向后伸展延伸，坚持2秒钟左右，再放下，动作可重复10～15次，之后换一只脚进行重复的动作。

② 按摩：将手掌贴在臀部，将臀部往上提，做按摩动作，之后两只手放在臀部下方向以臀部弧线的方向往两旁提，双手各扶住整个单边的臀部，往外抓，最后利用揉捏的方式，促进臀部新陈代谢与血液循环。

Tips 完美女人养颜经

一般来说，如果在25岁左右就开始重视肌肤的抗皱工作，那皱纹就会推迟出现在肌肤上的时间。相反，如果女人在25岁之后，还没有意识到皱纹的危害，那皱纹就会提前爬上你的肌肤。

防皱小细节，功效大不同

当时间一点一点流失的时候，皱纹也无声无息地爬上了女人的脸庞。很多时候，皮肤的变化就是在不知不觉中，在点滴细节里发生的。由此可见，女人如果想让防皱、抗皱的功效更加显著，就不能忽略任何细节。

俗话说："成大事者，不拘小节"，这句话对于美容、养颜就不太合适了。尤其是对于防皱，每个小细节都有可能决定皱纹会不会出现。所以，不想让皱纹过早出现的女人，是不能放过任何防皱的小细节的。

防皱细节一：多补充抗氧化食物

维生素 C、维生素 E、茶多酚、葡萄多酚都具有很好的抗氧化作用，所以，在平时要多补充此类物。葡萄籽含有丰富的葡萄多酚，所以，可以喝一些连葡萄籽一起打成汁的葡萄汁。

防皱细节二：注意保湿

为了让肌肤保持水分，每天最好能够摄取 2 000 毫升的水。此外，还要随时携带具有保湿功效的护肤品，及时为肌肤补充水分，以免肌肤出现干燥细纹。

防皱细节三：做好防晒

当你在户外活动时，要尽量避免肌肤在太阳下暴晒。如果可能，最好选择具有遮蔽性的衣物，无法用衣物遮蔽时就要涂抹防晒产品。

防皱细节四：减少过氧化物形成

当过氧化物质形成的时候，就会产生自由基。所以，要尽量少抽烟、少吃油炸食物等，避免体内过氧化物的形成。

防皱细节五：适度去角质

当肌肤变粗糙、毛孔变得明显、有粉刺出现的时候就要为肌肤去角质了，因为适时的为肌肤去角质能帮助保养成分更好地吸收，有效避免肌肤老化，出现皱纹。

防皱细节六：保证睡眠

当女人无法保证充足睡眠的时候，肌肤就会显现出纹路，而疲累产生的纹路在经过充足的睡眠休息后，就可以获得良好的改善。所以，要远离皱纹，就要保证充足睡眠。

防皱细节七：避免抠抓肌肤

当肌肤出现不舒适的症状时，一定不能用手指搔痒、抠抓，因为这些动作都很容易破坏肌肤的组织结构，造成肌肤松弛，甚至留下瘢痕。

Tips 完美女人养颜经

俗话说，"冰冻三尺，非一日之寒"。要想自己的肌肤光泽富有弹性，没有皱纹，可以适当多吃一点蜂蜜、红枣之类的食物，蔬菜当然也不能少。然后就是每天皮肤清洁要到位，选择化妆品要谨慎。

按摩，手到"纹"除

当皱纹出现的时候，女人的第一反映就是找个办法让皱纹赶快消失。在众多让皱纹快速消失的办法中，按摩是最健康，也最直接的方式。所以，众多女性选择通过按摩，将皱纹从自己的脸上赶走。

按摩对于增加肌肤的弹性，改善局部血液循环，加强肌肤的光泽度，去除皱纹都有很好的功效。所以，不想让岁月在脸上留下任何痕迹的女性，就要每天坚持按摩。不过，通过按摩去除皱纹并不是一件简单的事情，它要求女性朋友了解如何运用不同的按摩方法，去除不同部位的皱纹。接下来就为大家介绍如何才能做到手到"纹"除。

去除颈部皱纹按摩法

颈部的皮肤很薄，活动次数又多，且经常受到衣服的摩擦，所以很易产生皱纹或泛黑等老化现象，所以平日应多通过按摩加以保养。颈部的按摩用四指由下往上揉搓。注意，颈部两侧有颈动脉，按压时力量要轻。这样不仅可以预防皱纹的产生，还可改善头部及肩部的血液循环呢！

去除额头皱纹按摩法

当皱纹出现在额头时，在按摩的时候要先从下往上，然后再从内侧向外侧，最后手指由发际滑至太阳穴，用力按压太阳穴的美容点。按压美容点的时候一般会感到轻微的疼痛，所以可以根据这个特点找到它。

去除眼周皱纹按摩法

当眼睛周围出现小细纹的时候，可以用中指的指腹沿下眼睑的内侧向外侧，稍微用力进行滑动按摩，返回时在肌肤上轻轻地滑动，这样反复做3次。上眼睑亦是同样要领。

Tips 完美女人养颜经

红酒中的葡萄酒酸就是果酸，能够促进角质新陈代谢，增加肌肤弹性，加之蜂蜜的保湿和滋养的功能，可让皮肤更白皙、光滑。将一小杯红酒加2～3匙蜂蜜调至浓稠的状态后，均匀地敷在脸上，八分干之后，用温水冲洗干净。

揭秘除皱误区，让除皱更顺利

很多时候女性朋友为了快速让皱纹消失，都会不顾一切地尝试各种除皱方法。其实，坊间流传的很多除皱窍门或者秘诀不仅不能起到除皱的效果，还可能伤害到自己肌肤。所以，急于除皱的女性朋友一定不能被错误的除皱方法所害。

没有女人不想让皱纹快些从自己的脸上消失，但是，往往欲速则不达。所以，女性朋友还是放下急切让皱纹消失的心情，仔细考虑一下自己选择的去皱方法是否正确。因为，如果你采用错误的祛皱方法，就会让自己脸上的皱纹越来越多。而要让祛皱没有负效应，一定要避开以下祛皱误区。

果酸能够祛皱

在很多美白除皱的产品中，都含有果酸。可事实上，果酸虽然能够增白，能够改善毛孔粗大问题，甚至还能够去除假性皱纹与细纹，但是，对于因岁月产生的皱纹，果酸就无能为力了。

面膜敷得越久祛皱效果越好

很多女性都认为面膜敷在脸上的时间越久，其发挥的祛皱效果就越好。但事实上，任何面膜，敷得时间过长的话就会让肌肤比敷前更干，因为面膜干了之后不及时取下，反而要吸收皮肤中的水分，使皮肤变得更干。所以，想要通过敷面膜祛皱的话，一定要严格按照敷用的时间使用。

135

通过喷水就能为肌肤补水

在肌肤干燥的时候，有些女性喜欢找来喷壶，向脸上喷一点水作为缓解干燥的方法。但其实，喷水只是一时之快，如果在空气干燥时喷上水，脸上的水分反而会连同肌肤中的水分一同挥发，使肌肤变得更加缺水。

油性肌肤不会长皱纹

有些女性认为油性肌肤不会长皱纹。其实，不是只有干性肌肤才生皱纹，油性皮肤也会因缺水而生皱纹的，油性皮肤多油，但不一定不缺水，所以很多时候，要为油性肌肤补充水分。

疲倦时敷面能防皱

有些女性认为在疲倦的时候对肌肤进行除皱，肌肤就不会因为身体疲倦而出现皱纹。可事实上，给疲倦皮肤最好的护理是保湿，而防皱护理往往会让皮肤更粗糙，甚至还有疼痛的感觉，所以，最好在疲倦时先休息 30 分钟再敷面，这样抗皱效果才好。

用粉底液遮盖皱纹

用厚厚的粉底液去遮盖、掩饰皱纹常常会令皱纹更碍眼。所以，让皱纹看起来不太明显的最好的办法是先替皮肤做足保湿，让皮肤吸收足够的水分，然后再涂上一层液状粉底，液状粉底可以表现出肌肤的透明质感和光泽感，使肌肤透气有光泽。

Tips 完美女人养颜经

　　丝瓜不仅是人们常吃的保健蔬菜，还具有一定的美容作用。丝瓜水能保护皮肤、消除色斑，使皮肤洁白、细嫩。经常使用丝瓜水可有效地预防面部产生皱纹和长斑点、粉刺等，可以让肌肤柔嫩、光滑，预防和消除痤疮和黑色素沉着。

不同皱纹，祛皱方法也不同

　　中国人做事情讲究随机应变，在美容、护肤上，随机应变也很重要。比如，对付出现在脸上不同部位的皱纹，就要使用不同的应对方法。相反，如果不这样的话，爱美女性的除皱之路走得可能就要辛苦很多。

　　在女人的脸上，皱纹会以各种形式出现，有时候是法令纹，有时候是鱼尾纹，还有时候是表情纹。不管皱纹出现的形式如何，都会让女人的肌肤失去年轻的活力。所以，想让青春永远洋溢在脸上的爱美女性，就要根据不同皱纹采取不同祛皱方法，将肌肤上的皱纹各个击破，让肌肤保持青春与活力。接下来就为大家介绍几种针对不同皱纹的不同祛皱方法。

针对法令纹的除皱方法

鼻子两侧的纹路被称为法令纹，这两条细细的纹路会让女人的表情显得十分生硬。所以，想要拥有生动表情的女性就要设法让法令纹从自己脸上消失。在祛除法令纹的时候，可以使用具有祛皱功效的护肤品，还可以在使用护肤品的同时配合按摩。按摩的具体动作如下：

1. 掌心贴脸，由下而上画大圈，并向耳际轻推。这个动作能够为松弛的皮肤带来弹性。

2. 双手手指贴着人中，由中心向外侧滑动。

3. 手指由嘴唇下方向上滑动，就像是要把嘴角向上拉起，这能够防止唇周的松弛和细纹。

4. 手指合拢，双手从下巴开始向耳朵方向滑动，向上提拉整个脸部的轮廓。

5. 用拇指及食指沿着法令纹由下而上，轻柔地捏皮肤表面，重复 3 ~ 5 次。这个动作能够刺激皮肤表面组织，渐渐平滑皱纹。

1

2

3

4

5

针对鱼尾纹的祛皱方法

一般皱纹的出现都是从眼角处开始的，而在眼角出现的皱纹就好像鱼儿的尾巴一样，因此又被称之为鱼尾纹。要祛除鱼尾纹需要这样做：

① 为强化眼部四周肌肤，使之富有弹性，可常做眼部运动，比如尽量睁大眼睛，持续几秒钟，徐徐闭上双眼，到上下眼皮快要接触时再睁开，动作要缓和，连续重复5次，一日可做数次。

② 为减少眼部四周的皱纹，必须供给足够的养分及补充失去的水分，选用合适的眼霜也是重要的一个环节。涂眼霜时切忌胡乱涂抹，正确的方法是：首先以无名指沾上少许

眼霜，用另一手的无名指把眼霜匀开，轻轻地＂打印＂在眼皮四周，最后以打圈方式按摩5～6次即可。

另外，米饭做好后，挑些较软、温热的米饭揉成团，放

在面部轻揉，把皮肤毛孔内的油脂、污物吸出，直到米饭团变得油腻污黑，然后用清水冲洗面部，这样可使皮肤呼吸畅通，从而减少鱼尾纹。

Tips 完美女人养颜经

　　有些女性在发生皱纹之后，拼命地用手按摩，如此只会造成反效果，应当立即停止。其实，除了按摩，还可以轻拍面部来除去皱纹。对肌肤正确的拍打，能够强化肌肉，增加皮肤弹性，同时可促使细胞再生，控制皮脂分泌量，适合任何类型的皮肤。

美白：肤白如雪，气质如兰

美白保养的入门功课

俗话说，一白遮百丑。白皙的肌肤是美丽的最高标准及终极目标。但是，要想让自己拥有白皙的肌肤可不是件容易的事情。美白有时候就像一门高深的学问，想要让肌肤变得白皙、嫩滑就一定要学好美白的入门功课。

爱漂亮的女人都希望拥有白雪公主一样嫩白的肌肤，但是，很多女人在做了大量美白护理之后，却迟迟不见任何效果。此时，多半是因为你的美白功课没有做完整。其实，想要让肌肤透亮、白净，首先要做好入门功课。

美白入门第一步：清洁

想要拥有白皙的肌肤，最先要做的就是清洁。在清洁肌肤的时候，最好选择含有温和去角质成分的产品，这样就可以让老化的死皮得以代谢，确保肌肤正常的微循环，达到淡化黑色素的效果。值得注意的是，在肌肤容易出油的春夏季，可以多使用泡沫型美白洁面产品，其丰富细腻的泡沫，能温和地清洁肌肤污垢及含有黑色素的老化角质，提高肌肤充分吸收美白成分的能力，让肌肤更自由地呼吸。

美白入门第二步：调理

想要通过调理让肌肤更加白皙，就要使用具有美白功效的爽肤水或是化妆水。在使用美白化妆水后，肌肤会敏锐变得湿润柔软，之后再应用美白乳液或是美白精华素时，肌肤的延展性会更好。

美白入门第三步：保湿滋养

白皙的肌肤自然离不开全面的滋养，而一瓶具有美白功效的乳液，就能提供肌肤所需的营养成分。挑选一瓶适合自己的美白乳液或乳霜，要查看它所含的美白成分，例如有斑点问题可以选择含有熊果素酸的产品。假如喜欢均匀肤色，打算长期美白，就要选含维生素C或其衍生物的产品。假如是敏感型肤质，要留意配方是否以草本精华为主，例如洋甘菊、柔花酸、桑白皮、甘草根等具有抗发炎功效的美白成分。

美白入门第四步：防晒

很多人认为只有夏天紫外线指数高的时候才要防晒，其实不然。因为紫外线的指数高低只代表紫外线中的UVB含量，UVB会让你的皮肤晒红、

晒伤。但真正会让你的肌肤晒黑、出现斑点、皱纹、老化的却是UVA，UVA在紫外线中占了98%以上，强度最弱但穿透性最强。因此，若想保持肌肤白净，就要随时地做好日常的防晒工作，这样美白效果就会更明显。

美白入门第五步：面膜呵护

在所有面膜产品中，美白面膜是最受欢迎的类型，一片小小的面膜中浓缩了相当于一整瓶美白精华中的美白成分，可以在短时间内为肌肤供应大剂量的美白物质和养分、水分，通过超强渗透能力令肌肤含水量得到改观，表皮角质细胞的水分得到补充后，皮肤色素自然会减淡很多，肤色也随之变白。

Tips 完美女人养颜经

对于求美心切的女士来说，恨不得一夜之间就可拥有细嫩白皙的皮肤，可是，美白是个循序渐进的过程。那些声称可以快速美白祛斑的护肤品，很可能含有汞或者苯二酚等成分，千万要小心，这些成分会大大伤害你的肌肤哦！

美白，成也细节，败也细节

在生活与工作中，看似细小的细节之处总能发挥出让人惊叹的作用。所以，正在进行美白工作的你，千万不能小看细节的作用。因为，有时候一个小细节就很可能决定着你能否取得美白的成功。

要想美得自然、美得持久，就要养成好的生活习惯。女人的肤色除了遗传因素决定以外，还可以通过后天的修饰加以改观。当你每天涂涂抹抹修饰肌肤的时候，最应该注意的就是细节。因为，细节能够成就美白，也能让美白失败。下面让我们一起去看看你日常生活中的细节是否符合美白的要求？

美白细节一：美白慎按摩

按摩是一种促进血液循环、去除肌肤暗沉色素、促进肌肤对美白精华液成分吸收的方式。所以，很多女性选择按摩的方式来为自己美白。但是，过多的按摩会使肌肤温度经常高于平常温度，反而不利于黑色素的减退。此外，很多美白产品都是针对光和热来起作用的，过热的肌肤温度不仅不利于美白，反而会抑制美白产品效用的发挥。因此，按摩美白尽量少用。

美白细节二：忌烟酒

只要你细心观察就会发现，经常抽烟的人脸色看起来都较暗沉，嘴唇的颜色也比较暗。那是因为抽烟会导致色素沉着，如果再加上经常喝酒，对肝脏造成负担，也容易表现在皮肤上。嗜好烟酒的人除了皮肤较暗沉外，两颊还易出现斑点，而且会随着年龄的增长而加深，那时可能就不是你用保养品能修复的了。

美白细节三：　生理周期后敷面膜

美白面膜是见效最快的美白产品，但其效果是否能得到充分发挥，或怎样才能让它发挥得更好，却是一件需要认真研究的事情。就通常的情况来讲，生理周期刚过的那几天是皮肤新陈代谢开始加速、吸收能力最佳的时段，在这个时候使用美白面膜敷面，往往能收到意想不到的效果。

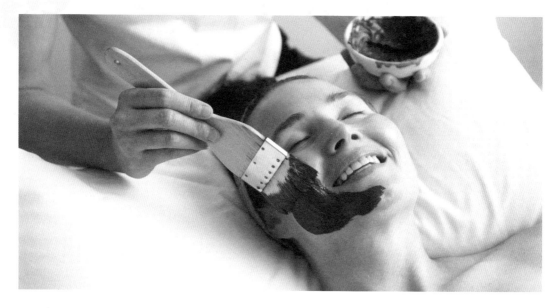

美白细节四：多喝水

女人想要拥有水嫩、透白的肌肤就要注意水分的补充。因为，适度地为肌肤补充水分，不但可以帮助各器官运作正常，将体内的毒素尽快排出，还可加快肌肤新陈代谢，使肌肤底层增生的黑色素可以借由细胞的新陈代谢较快消除。

美白细节五：先抗衰老后美白

在进行美白的时候，很多女性都会同时使用抗衰老精华素和美白精华素。然而，抗衰老精华素作用于肌肤的真皮层，而美白精华素只在肌肤的表层起作用。所以，只有先使用抗衰老精华素，使其顺利渗入到肌肤深层后，再使用美白精华素作用于表皮层，才能让两者的效果都得到充分发挥。

Tips 完美女人养颜经

想要成功美白就要注重去角质，因为，如果你从来不去角质，随着肌肤外层角质的持续堆积，当光线接触到肌肤不平整的角质层表面的时候，部分光线被散射出来，脸蛋慢慢就会晦涩无光。所以，想要肌肤白皙、润泽，就要把去角质这个美白中的小细节做好。

美白面膜DIY，嫩白有方

白皙、嫩滑的肌肤每个女人都想要，但是，这样完美的肌肤并不是每个女人都拥有。那么，是什么让有的女人如愿，又让有的女人失望的呢？其实，决定好肌肤能否出现在自己脸上的在于你对肌肤的态度。如果你悉心地呵护肌肤，定期用面膜给它滋养，那肌肤自然就能又嫩又白了。

使用具有美白功效的面膜，是给女人带来白皙肌肤最快、最直接的方法。但是，不管是美容专柜中的面膜，还是美容超市里的面膜，都是又贵又不实用。其实，在家 DIY 的面膜在功效上并不比外面卖的差，而且自己动手做的面膜安全性也要好得多。接下来就为大家介绍几款适合在家 DIY 的美白面膜。

薏苡仁美白面膜

原料：

薏苡仁粉 15 克，白芷粉 15 克，牛奶 25 毫升。

制作方法：

将薏苡仁粉、白芷粉、牛奶均匀地搅拌在一起即可。

美白功效：

薏苡仁中含有的蛋白质和维生素 B_1、维生素 B_2 可以使皮肤光滑，减少皱纹，消除色素斑点。白芷富含淀粉、葡萄糖、挥发油、黏液质等，可消除脸上痤疮留下的痕迹，牛奶可以滋润肌肤，令肌肤光滑如玉。将三者搭配在一起使用可以让肌肤白皙光泽，富有弹性。

绿豆美白面膜

原料：

绿豆 40 克，牛奶 80 毫升，面膜纸 1 张。

制作方法：

将绿豆连皮一起磨碎后，倒入牛奶搅拌均匀即可。

美白功效：

绿豆具有很好的洁净、保湿效果，其可以去除皮脂，使肌肤焕发洁净、透白的光彩。另外，绿豆中的天然多聚糖能在肌肤表层形成透明、有弹力的保湿膜，使皮肤润泽、有弹性。

美白补水面膜

原料：

压缩面膜一颗，矿泉水 1 小碗，维生素 C 适量。

制作方法：

把维生素 C 捣碎，倒入矿泉水溶解，然后将压缩面膜投入矿泉水中，等到面膜泡开即可。

美白功效：

这款面膜的补水保湿功效特别好。长期使用就能起到很好的保湿、美白和预防痘痘的效果。

红糖美白面膜

原料：

红糖 40 克，牛奶 100 毫升。

制作方法：

将红糖用热水融化，然后加入牛奶，最后将两者调和均匀即可。

美白功效：

红糖中含有多种人体必需的氨基酸，如赖氨酸等，还有苹果酸、柠檬酸等，这些物质对于合成蛋白质、支持新陈代谢都有很好的效果。此外，红糖中提炼的天然成分"糖蜜"具有排毒美白的功效。

杏仁番茄面膜

原料：

番茄1个，杏仁粉2茶匙

制作方法：

将番茄连皮揉成浆状，再加入杏仁粉搅拌均匀即可。

美白功效：

番茄含有大量的维生素C与果酸，这些物质对于去除面部死皮及为肌肤补充水分都有很好的功效。将番茄与具美白滋润功效的杏仁粉搭配，就能让肌肤更明亮、白皙。

Tips 完美女人养颜经

对于大多数女性来讲，生理周期后敷面膜更好。通常来讲，生理周期刚过后的那几天是皮肤新陈代谢开始加速、吸收能力最好的时间段，在此期间使用美白面膜敷面，往往能收到意想不到的效果。

不同肤质的个性美白方案

美白是一项十分细致的工作，女性朋友如果想让美白效果更佳的话，不仅要做到因人而异，还要做到因肤质而异。其实，根据不同肤质进行的不同美白，不仅能让女人白得更健康，还能让女人白得更剔透。

春季开在山上的杜鹃花，与夏季开在水中的荷花，不仅有着截然不同的美丽，也有着千差万别的生存环境。如果将杜鹃花与荷花的生存环境对换，相信它们不仅不能绽放美丽，还有可能失去生命。其实，女人不同的肤质，就像不同的环境。想要滋养出白皙的肌肤，也要不一样的美白方案。下面就根据你的肤质为自己选择一款适合的美白方案吧。

缺水型肌肤的美白方案

① 当干性肌肤因为缺水无法正常代谢、循环，有效地排毒分解黑色素，使肌肤无法保持白皙的时候，可以选择使用含有美白保湿因子、具有补水功效的天然植物成分美白产

品，能够在缓解肌肤干燥的同时美白肌肤。

② 当油性肌肤出现缺水干燥的情况时，可以选择不含油分、质地清爽的保湿美白产品，在温和美白补水的同时还解决了油腻的烦恼。同时，不妨添加一些具有调理水油平衡的保湿乳或爽肤水等单品，可以帮助你在美白保湿同时改善油腻，让肌肤清爽白皙。

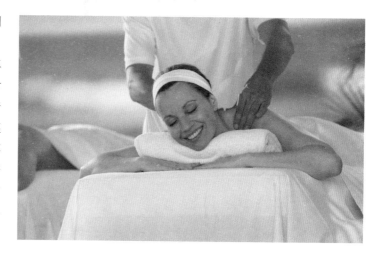

炎症型肌肤美白方案

① 一般情况下，大家都认为敏感型肌肤最好不要使用美白产品，避免不必要的刺激。但是，敏感型肌肤其实更容易出现黑色素沉积现象。所以，敏感型肌肤的女性更需要美白，只是在美白的时候，要选择对皮肤温和不刺激的产品。

② 当你不小心因为日晒而让肌肤变红甚至出现色素沉积的时候，不能只是让肌肤尽快变白。因为，此时黑色素还在不断分泌、堆积，慢慢形成色斑。所以，对于因日晒导致肌肤新陈代谢减缓、肌肤修护功能不佳的时候，就要加强对对已分泌的黑色素促进还原、代谢，对已受伤的色素细胞要尽力安抚。

③ 当脸上有痘痘的时候，最好是等痘痘的症状改善之后再去美白。此外，还可以在白天的时候使用清爽型的美白乳液和局部专用保养品，这就可以美白祛痘两全齐美了。

功能衰退型肌肤美白方案

① 当肌肤疲惫、功能衰退的时候，就会出现因为血液循环不良引起肌肤细胞毒素堆积过多，导致肌肤逐渐老化。为了不让这样的情况出现，就要促进肌肤新陈代射，帮助肌肤排除毒素，提升皮肤细胞的动力与活力，让肌肤重新焕发白皙光彩。

② 当女人的年龄不断增长的时候，紫外线照射以及体内激素对肌肤影响也开始加剧。此时，肌肤中形成黑色素的黑色素细胞会"沉积"在细胞中，因此，对于已经有老化迹象的肌肤而言，更要尽早进行美白淡斑护理。

Tips 完美女人养颜经

要做白皙美女，不单要注意脸蛋哦！在每天涂的护手霜里加一些珍珠粉，为你的手部肌肤也美白一下！每天晚上临睡前在手背上多挤一些护手霜，抹开一点点，然后在上面倒珍珠粉，手背相对，先充分混合一下，最后抹开就好了。很简单，连着三天就能看到效果。

当心陷入美白"陷阱"

在衡量女人漂亮与否的众多标准中，是否拥有白皙肌肤是最重要的衡量准则。所以，无数女人为了显示或证明自己的美丽，都开始了肌肤的"美白之路"。不过，这条路注定不会一帆风顺。因为，美白路上存在着众多"陷阱"，而想要实现白皙梦想的女人就要想办法避开"陷阱"。

美白对大多数女人来说都不陌生，不管是使用护肤品，还是敷面膜，或者是到美容院，几乎每个女人都尝试过让肌肤变白的方法。但是，有些女人在美白的道路上获得了成功，另一些女人则在美白的道路上越走越远。之所以会这样，是因为一些女人在美白的路上不小心跌入了"陷阱"。下面就带大家一起去看看在美白中都存在哪些"陷阱"。

美白陷阱一：洗面奶、爽肤水可以美白

市场上存在很多美白洗面奶，有些号称有美白效果的洗面奶只是一种概念上的炒作。因为，洗面奶在肌肤上停留的时间很短，而且它的作用主要是清洁肌肤。所以，其添加的美白成分，根本无法发挥作用。

美白陷阱二：幻想一夜肌肤变白

很多女人希望肌肤变白皙的心情特别急切，但是，美白是个循序渐进的过程。所以，一夜之间变成白雪公主的梦想是不可能实现的。由此可见，那些声称可以快速美白的护肤品，如果不是使用会伤害到肌肤的化学物质，根本不可能让你快速变白。

美白陷阱三：美白产品能将脸上的斑点彻底去除 〜

美白产品对于脸上的斑点没有彻底根除的功效，其只能让黑色素分散得更加均匀，令色素颗粒分解得更细碎，进而抑制黑色素形成。所以，美白产品只能让斑点淡化，减少斑点生成的几率，从而让肌肤看起来更加均匀、明亮。但是，一旦你对斑点保养不周，它就会再次出现在你脸上。

美白陷阱四：秋冬季可以不用美白护肤品 〜

一般情况女人都认为相对清爽的秋冬季，紫外线不强烈，就不需要使用美白护肤品了。可事实上，美白护肤品的功效都是短暂的，不可能一劳永逸，当停止使用的时候，其美白作用自然也就停止了。所以，想要获得持久的美白，就需要在一年四季不间断地使用美白护肤品。

美白陷阱五：肌肤白的女性，不需要美白 〜

有些女性认为自己的肌肤天生就很白皙，所以，根本不需要使用美白类的产品。其实，这样的想法是完全错误的，因为，美白保养品的功效并不是阻断黑色素的产生，而是将已有斑点击散，让肌肤看起来更加白皙。

Tips 完美女人养颜经

平时洗完脸后，可以用手取绿茶粉沾些水，拍打脸部。绿茶中所含的单宁酸成分，具有收缩肌肤、使皮脂膜强度增强、健美肌肤的功效。每天一次不要间断，以绿茶拍洗完脸后，像平时一样涂上乳液，就能减轻黑斑、雀斑，还你美白无瑕的肌肤。

扫"黑"：黑头光光，肌肤爽爽

揭秘黑头产生的原因

每个女人都希望自己的美是没有瑕疵的，但是，小小的黑头总是会在不适当的时候跳出来，破坏女人追求完美的梦。于是，黑头就成了爱美女性最痛恨的敌人。其实，女人要想消灭黑头这个敌人，首先要做的就是了解黑头从何而来，又为何而来。

黑头又称黑头粉刺，主要是由于皮脂、细胞屑和细菌组成的"栓"样物质，阻塞在毛囊开口处而形成的。黑头就像女人脸上的死火山，虽然没有什么危险性，但是却让女人无法拥有凝脂一般的肌肤。为此，众多女性把消灭黑头当作头等大事来对待。不过，要想让黑头从脸上彻底消失，还是要先找出造成黑头的原因。

过度清洁

当女人脸上的皮脂分泌旺盛时，就会出现油光。此时，为了和油光说再见，很多女人都会过度地清洁肌肤。可事实上，不管你做什么去油的动作都不可能控制油脂的分泌。相反，如果清洁得太过用力，让皮肤发生紧绷干涩、干燥脱皮，甚至出现一些小屑屑，反而容易让肌肤产生角质代谢不正常或老化现象，形成黑头等肌肤问题。

高温环境

当肌肤周遭环境的温度过高时，皮脂腺的分泌就会增加。据统计，人体所处环境温度每增加一摄氏度，皮脂腺的分泌就会多15%，如果拿25℃与35℃的环境来做比较，后者所分泌的皮脂就是前者的两倍。所以，遇到高温环境的时候，肌肤就会因为皮脂分泌过多，引发毛孔堵塞，为黑头的滋生埋下伏笔。

使用护肤品不当

一些女性为了给肌肤更好的滋养，总是不惜花大本钱去购买护肤品。但是，很多时候这些化妆品不仅不能很好地滋养肌肤，还会引发皮脂分泌过剩，造成毛孔堵塞引发黑头等肌肤问题。

激素失调

当女人遇到压力的时候，激素系统就会进行调整来对抗压力。在激素调整的同时，肾上腺素和雄性激素也会跟着偏高，皮脂的分泌就会增加。不

过这种由激素所导致的皮脂腺分泌激增无法靠保养来解决，可以改善的通常只有堵塞的情形而已。

饮食不当

当女人节食、暴饮暴食或吃了过多的垃圾食物时，身体就必须付出比较多能量来对付这个状况，一旦超过心理或身体可承受的程度，就形成有伤害性的压力，使身体产生激素失调的现象，刺激雄性激素或肾上腺素的分泌，进而让脸上长出黑头和痘痘。

基因

由于每个人体质不同，所以毛孔的大小也不一样。所以，不必羡慕别人的"零毛孔"。先天条件不够好的话，那就在护理保养方面多做功课吧！

Tips 完美女人养颜经

黑头的出现原因是多方面的，但饮食不当，过食肥甘厚味及辛辣等刺激性食物，致使皮脂腺分泌异常，是其发生的主要诱因之一。因此，黑头的饮食治疗非常重要，防治黑头，首先要改变不良的饮食习惯。

小妙招让"扫黑"行动更彻底

　　一个女人不管五官多么精致，只要脸部肌肤上有黑头存在，那整个容颜就会黯然失色。有些女人认为，脸上有一两颗黑头，没有人会注意到无伤大雅。其实，这样的想法是不对的。因为，细节对女人的美是至关重要的。所以，想要完美无缺的女人一定要将"扫黑"行动进行得更彻底。

　　黑头在众多肌肤问题中，被认为是最无伤大雅的。但是，就是这个看起来不大的问题，却让女人头痛不已。其实，女性朋友完全不用为黑头过于担心。因为，只要你留心就会发现生活中有很多小妙招，能让黑头从脸上快速消失。下面就为大家介绍几种能够有效去除黑头的小妙招，希望可以帮助大家将脸上的黑头彻底消除。

盐加牛奶去黑头

　　① 将食盐放在小瓶子中单独装起来。

　　② 每次用4～5滴牛奶兑盐，在盐半溶解状态下开始用来按摩有黑头的部位。

　　③ 由于此时的盐未完全溶解仍有颗粒，所以在按摩的时候必须非常非常小心。

　　④ 半分钟后用清水洗去，不能太久了。

　　⑤ 为了让皮肤重新分泌干净的油脂保护脸部，所以洗完之后不要再擦任何东西了。

黑头导出液

　　① 用黑头导出液打湿化妆棉，贴在鼻子上3～5分钟。

　　② 用棉花棒把面膜涂在鼻子上，15分钟后就干了，撕掉面膜就可以看见面膜上沾了很多黑头和白头。

　　③ 用爽肤水打湿化妆棉，贴在鼻子上，可以等化妆棉干了或只敷几分钟也行，该步骤是用来缩小毛孔的。

蛋清去黑头

① 准备好清洁的化妆棉，将原本厚厚的化妆棉撕开成为较薄的薄片，越薄越好。

② 打开一个鸡蛋，将蛋清与蛋黄分开，留蛋白部分待用。

③ 将撕薄后的化妆棉浸入蛋清，稍微沥干后贴在鼻子上。

④ 静等 10 ～ 15 分钟，待化妆棉干透后小心撕下。

小苏打去黑头

① 在干净的容器内倒入少量清水，放入少量小苏打粉搅拌均匀。

② 把棉片浸泡在小苏打水里，敷在鼻子上或任何有黑头的地方，等待 10 分钟。

③ 用干净的纸巾轻轻揉鼻头，你会发现，黑头几乎全部出来了。

珍珠粉去黑头

① 在药店选购质量上乘的内服珍珠粉。

② 取适量珍珠粉放入小碟中，加入适量清水，将珍珠粉调成膏状。

③ 将珍珠粉膏均匀地涂在脸上。

④ 在脸上按摩，直到脸上的珍珠粉变干，再用清水将脸洗净即可。

⑤ 每周可用 2 次，能很好地去除老化的角质和黑头。

Tips 完美女人养颜经

从中医的角度来说，血热、胃热、血瘀等都易引起黑头、粉刺、痤疮。因此，平时嘴馋的女生们要尤其注意了：鱼与熊掌不可兼得，想要白皙亮丽的肌肤，就需要改一下饮食习惯了。

"美丽的误会"，会让黑头愈演愈烈

黑头是个让女人头痛的问题，每个女人都不想让黑头出现在自己脸上。于是，女人们为了和黑头彻底说拜拜，费尽了心机。但是，在一番努力之后，黑头不但没有减少，反而愈演愈烈。这时候你不用惊慌，很可能是你陷入了去黑头的误区当中。

善意的谎言能为生活增添几分温情，美丽的误会能让生活充满意外。不过，在美容、护肤上，如果出现误会可就不得了了。就比如在去黑头的时候，一些"美丽的误会"很可能让黑头愈演愈烈。

白皙、干净的肌肤是漂亮女人必须拥有的。所以，当黑头出现在你脸上时，你就要和漂亮说再见了。女人都爱漂亮，都不愿意和漂亮说拜拜。为此，女人就开始了和黑头的种种斗争。不过有时候和黑头之间"美丽的误会"，总是让女人败在黑头的脚下。由此可见，想要拥有美丽，拒绝黑头就不能陷入"美丽的误会"中。

"美丽误会"一：黑头出现是由于清洁不够彻底

黑头的出现是因为肌肤中的油脂没有及时排出，时间长了油脂硬化堵塞毛孔形成的。

鼻子是面部最容易出油的地方，如果不及时清理，油脂混合堆积过多，造成大量死皮细胞沉积，就形成了小黑头。由此可见，清理过剩油脂才是控油的关键。

"美丽误会"二：黑头只有年轻人才会长

很多人都认为黑头是年轻人的肌肤才会出现的问题，可事实上，黑头的出现是个人肤质与外界环境因素结合而成的，每个年龄段的人不好好护理，都有可能出现黑头。

"美丽误会"三：挤压能够去除黑头

用挤压的方法可以去除黑头，但是，如果过分刺激肌肤反而会让肌肤油脂分泌加速。这就好像我们挤压一个油棕果一样，力度越大出油越多。而且挤压会给细嫩柔弱的肌肤带来更严重的伤害——毛孔粗大和瘢痕。

"美丽误会"四：黑头可以一次根除

我们知道，每件事物都有一个新陈代谢的周期，黑头也不例外。根除黑头要有耐心，已老化的黑头被清除几天后，新的黑头又在生成，这种新陈代谢的周期需要配合特别注意的日常护理才会被慢慢根治掉。

在去黑头的时候，仅仅了解有关黑头的误区还是不够的，其实去黑头的时候很多细小问题是需要注意的。

① 清除黑头比较容易，但黑头清除后还会再出现，所以，每天用抑菌型洗面奶清洁和使用控制油脂分泌的护肤品是必要的。

② 用温水洗面配合氨基酸洗面奶，去黑头更容易。但出现"红血丝"的皮肤不要用热水洗脸。

③ 每天用抑菌型洗面奶清洁，但脸上仍然有许多黑头，说明你的洗面奶清洁力不够，应该换温和而清洁力好的洗面奶。

Tips 完美女人养颜经

想让自己的脸洁白无瑕，最重要的当然是日常的精心护理。当发现自己原本娇嫩如玉的脸颊上出现了诸如黑头、痘痘之类的"异物"时，不要"咬牙切齿"地欲除之而后快，记住冲动是魔鬼哦！想要美丽，还是把功夫用在平时吧。